藍小說 ⑨⑤⑤

村上朝日堂是如何鍛鍊的

村上春樹

安西水丸 繪圖

賴明珠 譯

目錄

已經是十年前的事了

要說「好久不見了」，我和安西水丸兄在《週刊朝日》以「週刊村上朝日堂」的名稱連載專欄，算算也已經是超過十年前的事了。那麼世間大半的人恐怕都會說「不知道、不記得有這回事」了。咦，有那麼久了嗎？歪著頭懷疑，不是頂多才五年左右嗎？那是年紀大了的證據，重新查一下，確實已經超過十年了。

那時候我還住在藤澤的鵠沼租的房子，水丸兄的千金才剛上國中。上次見到薰小姐（就是水丸兄千金的名字）時，她已經大學畢業堂堂當上社會人了。「哎呀，女兒變社會人了，覺得非常奇怪。」畫伯在四谷的小酒館裡一杯接一杯地喝著時一面感嘆道，歲月確實溜得很快啊。

不過老是嘀嘀咕咕地不停嘮叨也沒完沒了（嘀嘀咕咕）因此便又開始連載了，不過試想一想，當時是在紀伊國屋的四百字稿紙上用萬寶龍（Montblanc）鋼筆一筆一畫塡格子寫出來的呢。現在卻啪搭啪搭敲著麥金塔（Macintosh）蘋果電腦的鍵盤，透過NIFTY SERVE通訊網路傳送稿子。這麼說來十年前連傳眞機都沒有用呢。世界爲什麼非要變得這麼急躁匆忙不可呢（嘀嘀咕咕）。

以前連載的時候，有一件事情我還記得很清楚。我當時，每天早晨從家裡跑步到江之島，因爲在鵠沼的海邊有一個長得跟筑紫哲也①一模一樣的流浪漢，於是有一次我順口告訴專欄負責人Hirose（廣瀨）兄說「嘿，Hirose兄，有一個長得像筑紫哲也的大叔住在海邊的水泥管裡喲。你不妨去看一眼。因爲實在像得會讓你覺得是他本人的地步」。於是第二週的《週刊朝日》版面竟然以「你瞧，哲也！」的標題，赫然登出那個大叔的特寫照片。我想自己眞是做了太糟糕的事了，現在還深深後悔。

那個大叔，現在不知道在哪裡做什麼？好不容易離開俗世享受著自由自在的快樂生活，卻因爲我的多管閒事而遭到多方的煩擾嗎？或許被發現「啊，原來我老爸躲在這裡！」我當時才親身體會地學到，就算只是閒聊，也不可以對週刊雜誌的記者隨便粗心大意地透露什麼。

其實怎麼樣
都無所謂的
（嘀嘀咕咕）

話雖這麼說，這次我也在大磯海邊看到一個長得跟久米宏②一模一樣的流浪漢大叔，差一點就想打電話給專欄負責人。不過我覺得與其和久米宏一模一樣的流浪漢，不如和筑紫哲也一模一樣的流浪漢似乎更有眞實感，雖然這種事怎麼樣都無所謂（嘀嘀咕咕）。

十年前專欄正在連載時，還有一件事我現在還記得很清楚，我想蓋房子，就到一家很大的都市銀行去辦理住宅貸款，結果被斷然拒絕。我記得那是在《尋羊冒險記》出版之後，《世界末日與冷酷異境》寫完之前的事。當時已經開始小有名氣，也有起碼的定期收入了，要求的貸款額並不算高，以爲應該沒問題可以借得到的，所以被負責人斷然冷淡地拒絕時還非常驚訝。於是問看看理由何在「到底爲什麼不行？」結果負責人坦白說「因爲，上次我看了＊＊＊（某電視節目）時，＊＊＊（某作家）出來，那個人說『村上春樹已經不行了。他已經什麼都寫不出來了』。所以……」。

「噢，所以，那就是貸款下不來的原因嗎？」

「是的。」

就算是溫和敦厚的我（眞是這樣嗎？）聽了之後也大吃一驚，當場立刻把所有的存款從那家銀行提出來，從此以後斷絕往來。銀行如果開始相信對小說家的預言的話，那不管誰怎麼說都是世界末日了。別家銀行貸款立即下來（可能承辦人員沒看到那個節目）。那家問題銀行後來和其他銀行合併而改了名字，風聞到現在依然爲不良債權所苦。雖然我沒有存款和他們業績不振之間，我想完全沒有直接關係。

不過我在這一行混飯吃也相當久了，所以也很習慣被說壞話，不管人家說什麼都不太介意了，而且無論批評也好預言也好，當然都是個人的自由，不過，總不該妨礙到人家的住宅貸款吧？

不管世界怎麼變，大眾傳播媒體的影響力還是很可怕的，只有這個業界的麻煩，好像還和十年前沒什麼改變的樣子（嘀嘀咕咕）。

---

① 筑紫哲也（1936-2008），播報員，電視節目主持人。曾任朝日新聞社記者、大學客座教授。

② 久米宏（1946-），電視台主播。主持新聞節目NEWS STATION期間，對當時日本新聞的播報風格產生極大影響。

95年日本職棒總決賽觀戰記「船就是船」

前幾天和安西水丸兄一起到神宮球場去看日本職棒總決賽。養樂多三連勝之後的第四戰，如果那天勝的話，養樂多就全勝，系列賽便結束的比賽。這一天可能全日本的國民有九成左右都只想著「今天還是希望讓歐力士隊戰勝，因爲那場大地震之後，鈴木一朗也很努力」。加上對手是野村（教練）……。我雖然也是養樂多隊的球迷之一，不過也很了解這種心情。

試想起來，實際到球場觀看日本職棒系列賽，是自從一九七八年的養樂多對阪急對決以來了。那時候我正好趁工作空檔，努力寫著《聽風的歌》這第一本小說。所以那一年日本系列賽的全部始末到現在還非常鮮明地留在我的印象中。當然也許和那個養樂多隊能打進日本職棒總冠軍賽無論如何都不太有眞實感也有關係，同時也因爲這一年對我的人生就像一個轉捩點一樣。

雖說我本來是個養樂多隊的球迷，但因爲近年來都不在日本，所以隊上現役選手的名字我知道的只剩兩三個而已。因此除了水丸兄之外，又邀了住在附近的養樂多隊狂熱球迷吉本由美小姐擔任解說員的角色。吉本小姐猛一看像個老實人，不過一談到養樂多燕子隊和貓的話題時，眼珠就會瞪得老大。這兩樣我雖然也都喜歡，不過還不至於瞪大眼珠的地步。

我是在神戶長大的，因此常聽人家說「村上兄，今年一定是幫歐力士加油吧」，其實並沒有這回事，我依然還是偏愛養樂多隊。那次地震之後漂亮贏球的歐力士隊的選手們我覺得很了不起，爲了神戶的鄉親，希望他們以後也能繼續努力，不過「那個歸那個，這個歸這個」。聽起來好像很冷酷無情，不過地震是地震，棒球是棒球。船就是船，他媽的就是他媽的（Boat is boat, fuck is fuck.）。特地不提出自什麼典故，不過我日常很喜歡用這個表現法。

其次這可能是我個人的偏見，老實說我不太喜歡所謂「藍波隊」（Blue Wave）這個隊名。以語感來說有點太甜。運動的隊名應該更簡單、乾脆一點。因爲語感很重要。「橫濱海灣之星」（Bay Stars）也有點令人不敢領教（橫濱大洋鯨隊有什麼不好？何必改名？）。在這層意義上「藍波」也絕對不輸那個。若要我爲名叫「歐力士藍波」（Orix Blue Wave）的球隊加油，在語感上我就有抗拒。這簡直像韻律體操的隊名。不過這可能跟習慣問題也有關吧。

其次我偶然聽到電視轉播神戶綜合運動公園棒球場奇怪的外國腔場內廣播，這樣說也許有點怎麼樣，不過實在眞丟臉。每次聽到那廣播時，手上的啤酒就會差一點灑出來，不由得臉紅起來。我想這已經超出所謂習慣問題了。因爲是日本的球場，所以用正常日語就好了吧。

吉本 「不過，村上先生，丟臉的不只是那場內廣播而已喲。你看過那邊的棒球隊球僮（Bat Boy）的模樣嗎？如果你看了，會覺得更更丟臉呢。好像高中女生制服的水手服設計，你最好看一次。」

不知道是什麼模樣，光聽她說我也無法想像，恐怕最好是不要看比較妙。根據主場神戶這地方的概念（神戶＝港都＝奶油臭味），可能是幾個阿伯們聚在一起，想出餿點子決定的各種主意吧。說不定廣告公司也插了一腳。

不過像這種所謂「事先設定的特色」，結果多半不合。就像在海邊雪白的防波堤上特地多餘地畫上海鷗的畫，想法一樣。只要極普通乾淨簡單地做就好的。因爲不管任何事情，味道是東西本身花時間，慢慢從內部自然發出來的。

我並不是以養樂多迷的立場故意鬥臭。只是跟神戶有一點因緣，身爲一個愛鄉市民，特地苦心提出忠告而已。還請多多包涵別生氣。其實身爲觀眾覺得羞恥的地

這兩個歐力士迷很可怕
D·J D·J D·J
D·J D·J D·J
好土
春樹
吉本
水丸

方，不只限於神戶運動公園的棒球場而已。東京神宮球場在比賽前所播放的加油歌曲，也同樣是「相當怎麼樣」的東西。那種東西沒有也罷。這種多餘的東西世間爲什麼越來越增加呢？不只棒球場而已，整個日本這個國家，我覺得與其增加什麼，不如更需要減少什麼的創意吧。

在這樣嘀嘀咕咕想著之間，比賽以零比零淡淡地進入第八局，這時飯田才好不容易適時敲出一支安打。老實說是集中力有點欠缺的比賽。兩隊都正陷入谷底，接連殘壘、殘壘的，眞不爽快。

不過總之來個先馳得點了，因此右翼席的啦啦隊照例唱出〈東京音頭〉，展開綠色傘來搖擺。從前沒有這種東西。吉本小姐雖然確實擁有養樂多隊的帽子，不過卻沒有傘。雖說是死忠球隊的迷，不過因爲本來就是造型設計師，所以還不至於迷到擁有傘和唱〈東京音頭〉的地步。明年會怎麼樣就不清楚了。

水丸　「嘿，我是中日隊的球迷，所以有時候來神宮球場看中日隊對養樂多隊的比賽，那養樂多啦啦隊的搖擺綠傘，讓其他隊的球迷，看著實在火大啊。」

村上　「不過，爲什麼是綠色呢？到底是誰決定的？」

吉本「應該是六年前吧，岡田正泰先生（啦啦隊長）決定的啊。他說就綠色吧。那傘還是特別製造的，尖端是圓的，這樣碰到也不會受傷。聽說製造這傘的廠商賺了不少錢呢。」（眞清楚）

村上「是嗎？不過，無意義的事絕對是無意義的沒錯，只是不像阪神隊的拋氣球用過就丟，節省資源這點倒很難得。至少下雨的時候還能派上用場。」

吉本「各方面都考慮周到了噢。」

村上（一面用望遠鏡眺望球場）「不過，你們不覺得養樂多隊的土橋好像一副合作金庫跑外勤的業務員的臉嗎？那樣的臉打棒球好奇怪喲。」

吉本「嗯（因爲她是土橋迷，所以不太高興他被說壞話）。呵，別看土橋那張臉，還是照樣受歡迎呢。我啊，從老早以前就開始留意他了。」

水丸「說的也是，試想一想，最近巨人隊的選手也沒什麼長得像樣的啊。比方說……（可能觸怒巨人隊球迷因此以下省略）」

村上「不過說到古田，好像一副偏遠地區鄉公所戶籍科的科員似的。那實在不像是明星臉吧（別人的事怎麼說都無所謂）。」

吉本「嗯，（悶聲不響，吉本當然也是古田迷）。不管怎麼說，人家古田還是有非常了不起的漂亮女朋友呢。」

水丸　「對了對了，那個女孩子很漂亮喔。我個展的時候她也來了。不過跟古田訂婚後就不再來了。」

村上　「不是因爲水丸兄做了什麼怪事吧？」

水丸　「什麼嘛，不可能吧。」

在有一搭沒一搭地閒聊之間，九局緊要關頭歐力士隊的小川敲出一支追平分全壘打，十二局D．J（James Douglas Jennings）敲出決勝全壘打，養樂多隊敗下陣來。勝負是在十一點才分曉的，其實已經打了四個半小時，算很長很長的比賽。怎麼不乾脆打得緊湊一點。畢竟是十月底了，打到這麼晚漸漸冷起來。啤酒一喝不得不上洗手間，而理所當然的是洗手間很擁擠。

首先日本職棒總決賽這麼晚舉行就不對。日本職棒總決賽，不管誰怎麼說，都絕對應該在白天舉行。何況比賽打輸了。

吉本　「哼，沒關係。明天好好拼，可以靠泰瑞．布洛斯（Terry Bross）來個逆轉勝。」

村上　「好好好。別生氣。」

吉本　「我可沒生氣。很心平氣和啊。（不過眼睛卻瞪得老大）」

然後我們到附近的居酒屋吃牡蠣味噌火鍋，燙了「太平山」酒來喝，總算把凍壞的身體暖和過來，然後照例到「HARCOURT」去喝酒。

不過現在想起來，那十七年前的日本職棒總決賽眞是驚險刺激非常有趣啊。阪急的投手也有足立、山田、今井，對手陣容堅強。說出來雖然惹人火大，不過比松岡、安田、鈴木高竿。外籍打者恰克．曼紐（Chuck Manuel）像打進鐵鉈般，以直球敲進外野席（後樂園球場）最上段的全壘打，也是令人難忘的一球。再說對於大杉左線全壘打的判定，上田監督含淚抗議了一小時。那或許確實是界外球也不一定。

這些細節的情景一一在HARCOURT酒吧的櫃台，簡直像憶起從前交往過的女朋友似的，一個人恍惚地回想著。只不過是棒球賽而已，不過那年的比賽卻一一都有讓我牽腸掛肚的地方。

不管怎麼說，日本職棒總決賽都應該在白天舉行吧。

關於體罰

我在初中的時候經常被老師打。小學時倒不記得有被打過，高中時也沒有被打的記憶。但不知道爲什麼，初中時卻經常挨打。而且並不是因爲做了抽菸、偷東西、喝酒之類嚴重壞事的結果被打的，而是忘記寫習題，或說了什麼話或做了什麼事惹老師生氣的程度，日常就爲了這些微小的事而挨打。或用巴掌打臉，或用什麼打頭。被老師打，對我們（至少對我）似乎已經變成日常生活的一部分了。大多是男生被打，但女生也偶爾會被打。或許因爲我特別任性，所以經常被打也不一定，不過我當時——姑且不提現在——並不是經常會惹人生氣的。

我上的是兵庫縣蘆屋市的普通公立初中，環境並不粗野。現在不知道怎麼樣了，當時還看不到明顯的不良學生，同班同學幾乎都像畫中畫的中產階級家庭的孩子。以我的所見所聞，並沒有不良行爲或虐待的事情。爲什麼在那樣和平的環境中，老師非要那樣頻繁地打學生不可呢？眞不可思議。我覺得那跟戰前的軍營沒有兩樣嘛。

當然也有不打學生的老師。不過我覺得有半數以上的男老師打過學生。雖然右翼的人經常說「戰後的民主主義教育糟蹋了日本」之類的話，不過我完全不懂指的是什麼。因爲對我來說所謂「戰後的民主主義教育」似乎並不存在。

已經是三十年前的事了，記憶的鮮明度也相當淡化了，不過如果要問我回憶當時被打的事情是不是「也令人懷念」，絕對沒這回事。我現在想起來還是很不愉快，很火大。

當然如果當時能想成「被打也難怪」的話，我也還不至於那麼耿耿於懷。不過正因爲感覺「爲了這種事挨打眞是豈有此理，而且不公平。」所以到現在還記得。至少我不會想再度拜訪那個母校。我覺得這是很不幸的事。因爲在那個學校也有很多讓我難忘的美好回憶。

試想起來，在那裡經常被老師們打，我的人生似乎起了很大的變化。我從此以後，對老師和學校，與其親密不如害怕和厭惡的感覺更強。人生的過程中雖然遇到過幾位優秀的老師，但卻幾乎沒有跟他們有過個人的接觸。無論如何都湧不起那種心情。這也是不幸的事情。

幾年前，同樣兵庫縣發生女生在高中校門口爲免遲到而被校門擠壓致死的事件時，我也覺得「眞過分，不過以我的經驗來想，會發生這種莫名其妙的事情或許也不足奇」。而且知道甚至有人還辯護道「事情眞不幸，不過他是熱心教育的老師」時，心情變得更暗淡。這些人難道不明白，正是熱心使得問題變得更嚴重的事實嗎？

在電視新聞上，我看到兩次自己上過的那個初中。一次是阪神大地震時死亡遺體排列在校園的情景，另一次是在排列著帳棚的校園裡舉行震災過後的畢業典禮的光景。那時候我是個四十六歲的小說家，正住在美國麻州的劍橋，也已經不用害怕會莫名其妙地挨老師打了。

不過我的腦子裡首先浮現的，與其說是對震災犧牲者的同情之念，不如說是「啊，我在這裡經常挨老師打」的痛苦、苦澀記憶。當然對許多地震犧牲者我衷心感到哀憐。跟他們所承受的痛苦比起來，被老師打的疼痛等於沒事。雖然如此，但超越一切的道理和比較，我還是最先猛然憶起留在自己肉體和心靈的傷痛。當時大地震和體罰，這兩種完全不相關的兩個毫不講理的暴力性情景，在我的腦子裡重疊爲一。

禁止暴力

世上也有人倡導「教育孩子體罰是必要的」說法。不過我覺得不對。當然可能也有老師基於善意而不經意地對學生伸手，有些情況那也可能留下好的結果。不過從把體罰當成熱心的一種方法論單獨起跑的時間點開始，那已經變成被世間權威所保證的卑微小暴力了。那不只限於學校。我在日本社會看多了這種卑微小暴力，如果可能真希望不要再看到了。

傳說的心臟

我在小田原的動物園目擊餵海獅吃魚板。相當津津有味的樣子。

沙灘裡的鑰匙

中原中也①的詩中有一句「月夜，一顆鈕扣／掉落海灘的浪邊」。繼續「撿起來，想用嗎／並沒有這個打算」。雖然不是多了不起，不過我以前，曾經在藤澤鵠沼的海邊沙灘上，發現汽車的鑰匙。

九月某一個星期天黃昏，我獨自沿著海邊散步，恍惚地坐在沙灘眺望著落日時，手摸到什麼堅硬的東西，一看之下居然是上世紀火奴魯魯的的國王卡米哈米哈（Kamehameha）所愛用的傳說中的白金製的鞋拔……不是，而是附有速霸陸（Subaru）汽車商標的極普通的鑰匙環。可能是從某人口袋掉落的，沒有被找到，就那樣一直掉在那裡吧。

難得的周末，從某個遠方特地來到海邊玩，結果卻遺失了汽車鑰匙，想想也眞可憐。我非常同情。那個人發現口袋裡的鑰匙不見了，一定臉都綠了。在那附近到處拼命找了幾個鐘頭。但要從廣大的沙灘裡找出速霸陸的汽車鑰匙，可能比從沙灘裡找出一小粒石頭稍微容易一點……，怎麼說呢，總之相當困難。一想到如果自己也遇到同樣的事情時，不禁不寒而慄。

光是這樣已經夠可憐了，如果那個人還帶了喜歡的女孩子的話，就更可憐得無可救藥了。兩個人在初秋的湘南海濱正享受著一日遊，才說到「好了，差不多該回去了」，內心悄悄盤算著「感覺氣氛還不錯，這樣下去乾脆邀她去附近的賓館如何」，然而怎麼找都找不到車子鑰匙，眞受不了。女孩子一定對他狠狠地投以冷淡的眼光，心想「怎麼搞的，這傢伙是個大笨蛋不成」。如果她心裡還想到「如果他邀我乾脆答應他好了，差不多是時候了。人倒不壞，而且人家也想沖個澡，還帶了替換的內褲呢」。那就眞是海濱的悲劇了。我雖然只不過是個和他們的性衝動沒有任何利害關係的一介外人而已，不過如果自己處於那個人的立場的話，試著穿上「假設的鞋子」（說起來我家的鞋櫥裡眞的藏有許多這樣的鞋子），眞的打心坎裡覺得可憐。

而且，如果撿到的是BMW或Porsche（保時捷）的鑰匙的話，我也一定會想「這樣嗎，噢，那眞可憐。算了就忍耐一次吧」，可以站在冷靜的立場，然而卻是速霸陸的鑰匙時，卻有某種深深被觸動的地方。這並不是在爲富士重工做廣告。

HOTEL
好奇怪

我是一個不管什麼東西都會立刻遺失的人，因此對別人遺失東西，非常寬容、溫和而富有同情心。如果在決鬥中途，對方爲了實彈不知掉落在什麼地方了而正傷腦筋時，我大概會等他找到了才射擊。說不定還一起在那邊幫他找。我對遺失東西的人就是這麼體恤。絕對不會多加責備。我太太掉了什麼時，我甚至會安慰她說「沒辦法啊。這種事情就是會發生」，從來不會生氣或說什麼惹人不高興的話。至於立場顚倒時卻都眞是受到冷酷無情的責備，雖然如此依然不變。

很久以前我高中時代的朋友去世了，他母親給我一枚甘迺迪總統肖像的硬幣當紀念。我走在表參道時，因爲有一家可以定製鑰匙環的店，所以就請他們用那枚硬幣幫我製成鑰匙環。心想這樣就可以一直珍惜地使用了。但幾天後到那家店去取件時，發現做好的鑰匙環上附的甘迺迪硬幣，完全不是我朋友的紀念品，上面所附的小傷痕不見了。我質問老闆時，才說其實店裡的人把那硬幣弄丟了，沒辦法只好買一個新的來，把那個裝上去。我把事情原委一五一十地向那家店的人說明。對我來說那個硬幣擁有非常重要的意義。店裡的人向我低頭道歉，但遺失的硬幣卻再也找不回來了。

不過那時候我也沒有特別生氣。雖然非常失望，但不知道爲什麼卻沒有心情生氣或責備別人。收下新的硬幣就那樣回家。我那時忽然想到「這種事情就是會發生」。有形的東西，不管多麼努力，遲早終究會在什麼地方忽然消失掉。人生就是這樣，東西也一樣。

①中原中也（1907-1937），日本近代詩人。著有《山羊之歌》，死後出版《往日之歌》。

安西水丸的祕密森林

前些時候，我跟太太一起，出席安西水丸兄在附近一家小畫廊舉行的個展開幕酒會。這是水丸兄把和我合作的《夜之蜘蛛猴》這本書所畫的插畫原畫整理起來展出的，因此幾十張原畫在一個地方一口氣排出來，還是相當壯觀。於是我們一面喝著香檳酒，一面和久違的水丸太太見面，還介紹了千金給我們認識（畫伯非常非常害羞），儼然青山方面的懇親會般的氣氛。畫伯可能在那之後又到附近的「阿爾庫爾」酒吧去，想必度過一個狂野的夜晚，不過我如果晚上太晚了去「阿爾庫爾」，不知道爲什麼——可能是燈光照明太暗的關係吧——會在櫃台醉醺醺地睡著，因爲有這毛病，所以只到附近的壽司店稍微喝一點啤酒，就乖乖回家了。

水丸兄眞正要認眞開始喝酒的時刻，對我來說卻相當於正要上床睡覺的時刻，因此仔細想來，雖然交往已經相當久了，卻不太有和畫伯一起坐下來慢慢地好好喝兩杯的記憶。現在也算是近鄰，但感覺上卻像是超級市場的早班和晚班的交替一般，基本結構上就錯開了。

偶爾在什麼地方一起喝著，到了十點左右時我會看看手錶說「水丸兄，我已經睏了，所以差不多要回去了」，每次畫伯都一副很惋惜的樣子說「是嗎？眞可惜。有一個村上小說迷，非常漂亮的女孩子就住在附近，說非常想見你，我正想打電話叫她來，眞可惜，說眞的。非常漂亮噢。而且人很乖。我想她應該可以立刻過來」。喂，眞的嗎？我懷疑他是信口開河的。不過因爲水丸兄的夜間世界深不可測（我個人稱之爲安西水丸之森林），這或許不是蓋的。水丸兄鈴鈴地撥電話，就會有一個漂亮女孩邊說著「很抱歉，讓您久等了」眞的來到這裡也不一定，有點想確認一次眞假，不過時針一繞到十點時，我的兩邊眼皮就像出現在《法櫃奇兵》電影中的岩石洞門那樣沉重地降下來，因此結果還是回家去，刷了牙穿上睡衣，上床沉沉入睡。進入小白兔和黑猴子一面唱著強尼．提洛森（Johnny Tillotson）的 Cutie Pie 一面奔馳在春天原野的悠閒夢中世界——雖然不太清楚哪裡有悠閒——不過終究和想跟我邀約見面的漂亮女孩無緣相見。

不過就算水丸兄所說的是眞的，就那樣輕率地應邀和女孩子見面的話，我想事情一定沒那麼簡單就了結。大約十年前，我曾經被水丸兄帶到當時在青山的一家狂野的俱樂部去。裡面有很多活潑漂亮的小姐，大家一起喝著酒，好像明天就是世界末日了似的，哇啦哇啦盡情地歡樂胡鬧。心想「這到底是什麼？」一面戰戰兢兢喝著啤酒時，一個女孩對我說「嘿來跳舞吧」，我迴避道「這個我不行……」水丸兄就板起臉來說「嘿，村上老弟，這種時候就該高高興興陪人家跳才算懂得禮貌啊。不能讓女孩子丟臉。嗯哼！」那時我也年輕，還不知道世間的可怕，因此心想「是嗎？這也算禮貌嗎？」就奉陪了一下，過不久青山一帶居然開始傳出一種很誇張的流言。「看不出村上是這種人。居然興趣是跟女孩子跳貼臉舞。在某俱樂部跳得很開心的樣子」。有一個女編輯說「原來村上是這種人，我聽了大失所望」。因為我平常也經常讓很多人大失所望了，所以要說無所謂也無所謂，不過為了愼重起見，試著追溯了一下謠言的來源時，當然就是畫伯在街頭巷尾積極地廣為宣傳的結果。如果再發生一次這種事情，我可受不了。不過眞的是這樣嗎？我眞的跳了貼臉舞嗎……？

這次畫廊的個展，也來了幾個畫伯在橫濱的插畫學校的女學生，我跟她們稍微站著談了幾句話，其中有一個人問道「聽說村上先生也做了不少壞事，是眞的嗎？」這種閒話的出處大概可以想像得到。眞想大聲問他，你特地到橫濱去到底是

好慢哪
對不起讓您久等了
傷腦筋

教人家什麼來的？

傳說的心臟

今年夏天在夏威夷的電影院看了《麥迪遜之橋》，電影一結束，觀眾都一起大聲哄堂大笑。那到底是怎麼回事呢？

空中浮遊非常快樂

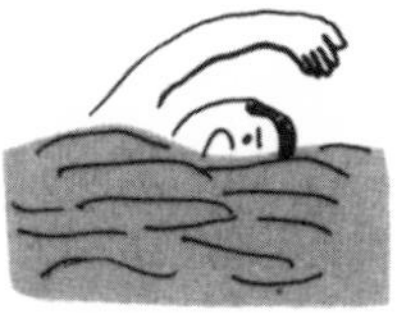

我平常不太會做夢。話雖這麼說，不過根據學者的說法，世上沒有一個不做夢的人，所以實際上我也可能和一般人一樣是會做夢的。不過一到早晨醒來時，我的腦子裡卻幾乎沒留下夢的記憶。不是我自豪，不過我是個很好睡的人，就像在REM睡眠（rapid eye movements快速眼動睡眠）泥沼中的鰻魚一般就那樣沉沉睡到早晨，因此就算做過夢，那記憶簡直就像在沙漠中用杓子澆水般立刻就被吸進虛無中去了。以夢來說，好不容易辛辛苦苦地改變手法變換名堂展開多采多姿的有趣情節，居然說「一到早晨就什麼也不記得」，想必也太沒面子了吧。我也總算忝爲一個小說家，所以很了解那種心情。雖然覺得抱歉，不過不記得就是不記得，也是沒辦法的事啊。

只有在極稀有的情況下曾經半夜突然嚇醒，那樣的時候，倒可以清楚記得當時所做夢的內容。不過即使一時醒來，又再立刻躺下又會馬上睡著，因此到了早晨還是完全不記得做過什麼夢。想得起來的，只有自己曾經在一瞬之間鮮明地記得夢的內容，這虛無而可悲的事實而已。這和怎麼也想不起曾經很熟悉的歌曲的旋律時的無力感很類似。

不過只有空中浮遊的夢例外。我以前就做過空中浮遊的夢，而且只有這個夢每次都不可思議地記得很清楚。在夢中，要在空中浮起來並不特別難。只要一跳起來就那樣留在空中就行了。既不需要用到特別的肌肉，也不需要集中精神。所以一點也不累，也可以一直保持浮著。如果想往上一點也行，想接近地面一些也行。我覺得很奇怪，爲什麼別人不會？因爲只要試試看是很簡單就會的事。我對大家說「你看，很簡單哪。只要懂得訣竅誰都可以辦到」。不過因爲實在太單純太簡單了，所以無法對別人用語言適度說明。

雖說浮在空中，但並不能浮多高。最高離地不超過一公尺。不知道爲什麼，不過我並沒有想升上高處的意願。我覺得在離地大約五十公分的地方，無憂無慮地輕輕飄浮著，似乎是最妥當的空中浮遊方式。

我好像從以前開始就定期地做著這種類型的夢——說起來大約十五年前，我在《朝日新聞》上也寫過關於這種夢的隨筆。那時我也寫出「我從以前就經常做空中

非常快樂
浮著呢
呱呱

浮遊的夢」。那麼，我是從想不起來有多久之前開始，就繼續做著同類的空中浮遊的夢了。而且雖說是夢，但我的身體卻相當熟悉那浮遊的感覺。所以當我第一次聽到奧姆眞理教的麻原彰晃能在空中浮遊或浮揚的事情時，與其信或不信，我首先想到「所以又怎樣？」因爲對我來說，空中浮遊絕對不是特別或異樣的事。那種事情我也會。不過當然是在夢中。

我不知道，也不想知道，定期做浮在空中的夢在精神分析上擁有什麼意義。因爲我覺得去分析這個夢的含意大概沒什麼重要。這樣說也許有點危險，不過我甚至想到，這或許是屬於純粹啓示性的夢。說不定什麼時候我眞的能在空中浮遊呢。我想如果能那樣就好了。因爲就算是夢中也好，既沒有含意也沒有目的只是輕飄飄地浮在空中，感覺眞是舒服得難以形容。不由得讓人一臉放鬆地咪咪笑起來。我想如果能隨時隨心所欲地變那樣，人生一定很快樂。

不過老實說，我最近在眞實生活中體驗到非常類似的「舒服感」。今年夏天，我可以用自由式不休息地游二千公尺以上了。而且是在有一天早晨發現的，並沒有什麼特別原因，突然就能輕輕鬆鬆地游了。我以前自由式頂多只能繼續游五百公尺左右，而且是氣喘吁吁吃力地游，現在很奇怪游一小時左右都不累。也不喘。我無法理解爲什麼這種事情會發生在我身上，不過不管怎麼說，只要結果好，一切都好，一個人一面默默在游泳池來回游著，一面高興得忍不住在水裡笑起來。

就這樣要挑戰三鐵只剩下自行車了，最近的村上已經忘了自己的年紀。不過這自行車可不簡單哪，眞的。

關於報紙、關於資訊的種種

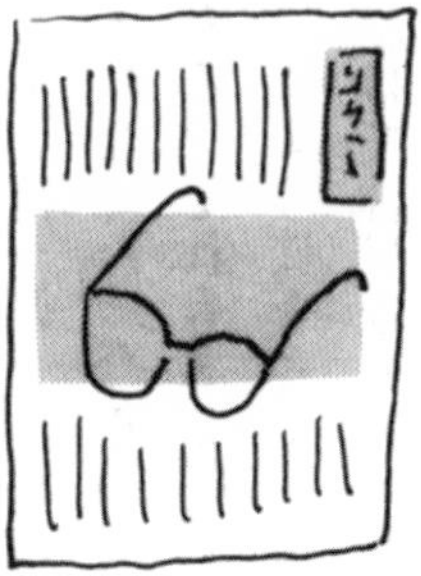

這十年左右我沒有訂報紙，回想起來，並沒有因而覺得不方便。也幾乎沒看電視新聞。可能因爲這樣而遺漏了什麼重要大事的資訊，實際上有不方便，只是本人沒意識到這不方便，所以這稱不稱得上「不方便」就很難說了。所謂資訊這東西眞不可思議，進來的資訊要去想什麼是必要的什麼是不必要的，界線漸漸模糊不清了。如果認爲不必要的話，好像一切都不必要，反過來一開始擔憂起資訊不足時，就會無止盡地不安起來。因此資訊產業才會這麼興旺吧。

例如我在用著電腦的網路服務，上面的資訊大部分是生活上不需要的東西。不如說，就算百分之百沒有這些資訊，實際上現在也不會不方便（不過有的話就會拿來用）。卻故意裝成一副非常不方便的樣子，本來沒有的地方卻製造出人工現實感（Virtual Reality）需要的，其實似乎就是現代的資訊產業。

那麼實際上，對我們來說一天有多少真正必要的資訊呢？可能基準因人而異，以我的情況我想大約是四頁報紙。一翻開來有一張報紙的表裡兩面，以真實感來說就夠了。這樣一想現在一般報紙的頁數就有點太多、太厚、太重了。晚報也不需要。就算你說只要挑必要的地方跳著讀就行了，但一想到因此地球上的森林卻要每天逐漸消失時，我的小心胸就開始痛起來。

從前，才開始寫小說不久的時候，訂報紙的勸誘手法非常黏人，真累。現在不知道怎麼樣了，不過當時非常討厭。白天在家工作時，門鈴「叮咚」地響了，出去一看，說「請您訂報紙好嗎？只要一個月就行了」。心想喂喂，我幹嘛要只訂一個月報紙？無論如何都要推掉。

「我是不看報紙的人，所以不訂報。不需要。」我這樣說明，但對方不太理會。我絞盡腦汁之後，決定說「我不太會讀漢字，所以不需要報紙。」來拒絕。對著鏡子練習了一下，「好吧，這樣大概沒問題」自己都覺得可以之後，實際試試看。這一招有效。真的很有效。任何報紙的推銷員都啞口無言立刻轉身回去了。

不過這一招只有一次行不通。對方是推銷《赤旗》的歐巴桑。我像平常那樣說

「我不太會讀漢字，所以不需要報紙。」但她完全不氣餒。還笑咪咪地以溫柔的聲音說「我告訴你喲，《赤旗》也有漫畫喔。漢字不行的話，總看得懂漫畫吧？」

日本共產黨畢竟不簡單，當時我深深感覺到。不是諷刺或什麼，而是眞心這樣想。現在只要一聽到「日本共產黨」這字眼，就會想起那個歐巴桑。所以我雖然沒訂《赤旗》，不過從此以後我就不再裝成不會讀漢字來推辭訂報的推銷了。因爲覺得說這種謊還是不好。

至於那什麼報紙休刊日到底是怎麼回事？當然以我來說，報紙偶爾休刊也沒什麼關係。如果想讓送報紙的人休息的話，就讓他們休息好了。以這樣的理由讓報紙休刊的國家，據我所知除了日本以外沒有別國（順便一提，我訂過的幾種美國報紙都是一年365天全年無休的。爲什麼呢？）那也都沒關係。一天不送報紙，世界也不會停擺。

不過全國性報紙，步伐一致在同一天休息，說起來豈不有點奇怪。我前幾天清晨，好久沒買報紙了，想在車站前的販賣店買早報，卻懷疑自己的眼睛有沒有看錯。因爲那裡沒有所謂報紙這東西（體育新聞例外），無影無蹤。又不是小學生的感冒，爲什麼一定要大家約好了在同一天友好地休息呢？星期一《讀賣》休息，

書報攤
香菸
BOOK
休刊
全部報紙

星期二《每日》休息，星期三《朝日》休息……這樣不好嗎？如果三越百貨休息的話，可以到松屋百貨去買東西，這樣。我覺得這才叫做正常的自由競爭，公正服務啊。要稱爲協商也不妨。

這可不是爲了教讀者「報紙一天不送，世界也不會停擺」的親切服務喔。

（卷末附有後日附記）

海尼根啤酒的優點

在日本一進入加油站，不知怎麼就常常看到不少地方精神百倍的從業員排成一整排。或許比什麼也不說地悶聲不響要好，不過被拉開嗓門像怒吼般打招呼歡迎，深深一鞠躬，老實說我也很傷腦筋。又不是在高中打棒球，只不過加個油而已，能不能安靜一點，理性地幫客人加呢？第一次在日本到加油站的外國人，忽然被大聲怒吼一定會嚇壞吧。簡直就像《俘虜》（Merry Christmas, Mr. Lawrence）電影裡的光景一樣。上次我開著車時，也看到一個廣告板上寫著「全日本最大聲打招呼的加油站」。當然我不會特地進去這樣的地方。眞不知道他們在想什麼！就算是全日本最大聲打招呼，又怎麼樣呢？

正如你所知道的，在美國自助式加油站已經成爲主流了。自己一個人進入加油站去，把信用卡塞進機器裡，一聲不響地加油，從機器拿回收據，就那樣把車開走。既沒有「您好」也沒有「謝謝」。不過我滿喜歡這種自助式的無聲程序，如果有自助式和全服務式兩種的話，我一定會去自助式那邊。當然自助式的比較便宜也有關係，此外要用英語說「加滿」（Fill it up, please）也很麻煩。我想有經驗的人就知道，這剛開始還沒辦法很溜地發音。雖然美國人的發音非常漂亮（那當然）。

我剛到美國時住在紐澤西州，該州法律禁止加油站採取自助式，沒辦法我每次每次都得練習這「Fill it up, please」的發音，但終究到最後還是無法流暢地發音。可能我的上顎形狀有什麼問題吧。搬到麻州，可以使用自助式加油之後，雖然是一件小事，不過對我來說總算多少鬆一口氣了。忽然想到「等一下，何必加滿呢？也可以說加十塊錢（Ten bucks,Please）」，是在離開紐澤西不久之後。唉呀！要是早一點動腦筋就好了。

說到發音，我曾經為了「酷爾斯」（Coors）啤酒遇到過一次大麻煩。有一次在炎熱的夏天下午，我在夏威夷走進酒吧點了「酷爾斯」。但完全行不通。於是我改說「科阿斯」或「跨阿茲」或「酷阿茲」，一一改變表達，再比手畫腳，一面滿頭大汗一面試了所有的發音，結果還是不行，只好灰心地改喝百威（Budweiser）啤

感覺像嗨那根……
發音好像很難
Heineken
Coors
LIGHT
BEER
HARUKI
BEER
Budweiser
KING OF BEER

酒。我對百威啤酒的味道並沒有什麼不滿，只是發生這種事情之後會忽然覺得很累。

不過這件事讓我很不解，那次之後我有上百次在美國的酒吧或餐廳點過酷爾斯啤酒，沒有一次意思不通的。（雖然不想提到關於美樂Miller啤酒也留下過幾次悲哀的插曲……，嗚嗚）。只有在夏威夷的那家酒吧，對那位肥胖的夏威夷式放輕鬆hang loose的女服務生，我的「酷爾斯」怎麼都行不通。爲什麼會發生這種事呢？答案只有在吹過的風中，My friend。

我的英語不太行，不過走進外國的酒吧想要不費力地點啤酒的方法，以我長年的寶貴經驗來說，我強烈推薦海尼根啤酒。因爲拼音裡面既沒有R也沒有L，發音更是相對比較容易的。要講究的話把重音放在第一音節，以「嗨那根」的感覺發音更妙，就算不這樣也可以輕鬆過關。海尼根啤酒還是會好好的送到你面前來。大概、可能、一定。

不過不管是啤酒或汽油，從美國回來之後，日本的價格實在貴得讓我啞口無言。在那邊一小瓶啤酒不到一美元，無鉛汽油加滿也從來不會超過二十美元。在日本一加油，動不動金額就快接近一萬日圓。不管多開朗地大聲打招呼，這一點也高興不起來呀。當然，就算一聲不響還是便宜的好。

不過在美國無論啤酒或汽油，壓倒性便宜的微妙情勢也不知道能持續到什麼時候。因爲有許多專家指出，現在美國爲了解除巨額財政赤字，提高酒稅和汽油稅已經不可避免。不過如果柯林頓總統一開口提到這件事，可能就無法再競選連任了。汽車、啤酒和槍，不管誰說什麼，對美國的大多數男人來說，是無法讓步的最後防線（picket line，罷工遊行時工人和警察的攻防線）。接下來，到底會怎麼樣呢？

梅竹下①跑者俱樂部通訊❶

全國大大小小城鄉港口的竹下級馬拉松跑者們，在這寒冷的每一天還在精神抖擻地努力跑著嗎？我前幾天在做伸展運動時傷到膝蓋，本來預定參加富士小山半程馬拉松的，很遺憾只好放棄，不過現在總算順利復原了。各位也請多保重身體。

我常常和攝影師M君（以下稱映三）一起參加路跑。與其一個人參加比賽，不如兩個人去比較輕鬆愉快也方便。因爲兩家距離遠，所以平常各自練習，不過要練習跑二十公里三十公里時，會約好一起跑。因爲要一個人默默跑三小時，連我也覺得有點無聊……。試著算了一下，這七年之間，我跟他一起跑了四次全程馬拉松、四次半程馬拉松。賽程開始的三之二步調配合著跑，然後想先跑的人就自己先跑沒關係，每次都照這樣的方式做。不過很奇怪，我以前一次都沒有敗給他過。說「奇怪」，是因爲他跟我之間，實力幾乎不相上下。而且就算說勝，時間差距也不過才二十秒或三十秒而已，長的時候也不過才一分多一點的微小差距而已，這樣的程度應該隨時都可能逆轉的。然而映三不知道爲什麼卻不來超過我。有趣的是，我跑的時間成績好的時候，他的成績也同樣好，我的成績差的時候他也一樣差。不過總之以些微差距甘拜我的下風。這怎麼想都很奇怪。

於是有一天我乾脆試著問他「你不是像打應酬高爾夫那樣讓我，故意不超過我吧？也就是說看我年紀大，是嗎？」他一臉不悅地回答說「沒這回事。我也想勝過你呀。可是……。我也因此而練習了啊。」這麼說來，確實我也不覺得映三會做這麼靈巧的事。而且看他練習的認眞模樣，也不像會特地跑輸的樣子。

說到他練習的驚人模樣，在盛夏的艷陽下，背著背袋從杉並區的事務所跑到東京車站，又從那裡直接跑回府中的家，眞是夠辛苦的。如果有帶錢的話，可能會中途挫折改搭電車回家，因此故意身上不帶一分錢只能一直跑。簡直像「八甲田山死之行軍」②的盛夏版。要是我的話，這種事情就實在辦不到。夏天的早晨，我會早早地出門輕鬆地跑，然後到游泳池去游泳。所以我說「映三，夏天的練習適可而止就好，別把身子搞壞了，就什麼本也沒了。」我每次都這樣忠告他。這麼一說，他回答「是，說得也是，我明白。」不過話雖這麼說，卻以一副「讓我疏忽，在那之間說不定你自己卻悄悄在練習吧」猜疑的眼光瞪著我瞧。而且更加激烈地練習。這個人尤其對跑步疑心病很重，特別固執，往往採取極端的行爲。因此在某個地方忽然倒下，爬著到醫院去，被醫師嚴厲命令「一個月不准跑」。不過他是個底子強壯的人，立刻又像因咒語生還的鬼魂一樣，跳起來再開始重複做一樣的事。世上有人提倡「運動對身體不好」的說法，看映三的樣子似乎可以理解。

每天要照顧這樣的人我想一定很辛苦，但映三的太太卻很能幹，似乎抱著「隨他高興就去做吧」的方針持家的樣子。「孩子不能不照顧，所以不能一一去管他」我覺得他們有一點這種氣氛。映三的太太以前在某某出版社做過版面設計的工作，被在周刊雜誌上班的映三追上。「人長得很漂亮，但一會兒工夫就被映三娶走了」，熟悉公司年輕小姐動向的編輯鈴木某人，也只能無力地搖頭的份。口氣簡直就像村姑被山上跑下來的猴子擄走了似的。是怎麼被說動的細節我並不清楚，也無法想像。有一次我悄悄地問他太太「對了，妳是怎麼會跟映三結婚的」？她說「嗯，喝了酒醉了，他留我住在他家，早上起來，莫名其妙之間就提到結婚的事了……」。就像魔界小說《人外魔境》的故事一樣。對了，府中這地方就是那麼不簡單的地方嗎？

畫是虛構的
府中駅
歡迎光臨
哇

今年馬拉松季也和他一起跑了幾趟賽程，映三照例因爲練習過猛，九月間搞壞了身體，目前正處於不太能認眞練習的狀態。眞是的！老是學不乖……正拿他沒轍的時候，偏偏我自己就像一開始所寫的那樣腳也受傷了。不能光會笑別人。一月下旬我們兩人又要一起去參加某全程馬拉松大賽，映三到底能不能一雪多年的恥辱？敬請密切期待……不過這怎麼想，都還不到値得期待的地步吧。

傳說的心臟　安西水丸似乎發下豪語「我女兒敢說要結婚的話，我火大就把餐桌掀掉，離家出走。」眞可愛喔。

---

①「梅竹下」爲梅級、竹級以下的簡稱。松竹梅代表高、中、初的分級，竹級下表示初級以下的跑者。

②一九〇二年，日俄戰爭前夕，青森步兵第五連隊在八甲田山雪中行軍演習，遭遇暴風雪，二一〇人中有一九九人遇難死亡，事件稱爲八甲田山死之行軍。

主婦赤裸做家事對嗎？

美國的報紙上也和日本一樣有人生諮詢的專欄，我是那相當熱情的讀者。因此在當地住了四年半之間，變得相當熟悉一般美國人心裡的煩惱了。雖然不問東西方，世界都充滿各種煩惱，不過美國人和日本人的煩惱內容似乎有相當大的差異。我很少感覺「不管在美國或日本，人的煩惱大概都一樣」，反而深深感覺「原來如此，雖說同樣是煩惱但國度不同竟然有這麼大的差別」遠遠來得更多。

不只是煩惱的內容而已。日本的回答者和美國的回答者，答法類型就相當不同。日本的情況是令人似懂非懂的情緒性回答，或像從上面給意見般往往答得不是滋味（一般人或許期待這樣的東西）；美國卻往往有「原來如此，也有這一手」讓你拍案叫絕的有效建議。「曖昧的日本式回答」美國讀者是完全無法接受的。必須要有明確說得通的理由所支持的明快結論才行。還有一個很大的不同是，在日本往往是名人或有識之士在本業之餘受託擔任回答者，在美國卻是由專門的「人生諮詢回答者」負責回答的。換句話說人生諮詢是完全的專家，這就像連載的專欄一樣已經成爲一種技藝了，可讀性相當高。從攸關生死的嚴重問題，到無關痛癢的小東西，到離譜脫線的事情，問題眞是無奇不有，一有不對勁的回答或稍微隨便的回答時，全國抗議和責備的聲浪便蜂擁而來，因此回答者也不能掉以輕心地隨便答。這種實例我就看過幾次。

例如有一天某報紙上，登出一則主婦投書。內容是「我經常全裸做家事，有一次被從後門闖進來的男人強暴了，精神受到很大的打擊。該怎麼辦才好？」

因爲手頭沒有剪報想不起正確的文章字眼，不過我記得內容大致是這樣。我讀的時候，不太明白。因爲我不懂主婦爲什麼非要全裸做家事不可？回答者寫道「那確實是令人同情的事件，不過也不必特地赤裸著做家事吧？總有人不小心會看到，那麼被強暴的危險就很高，是否可以避開不必要的挑逗呢？」我想這應該是正確的回答吧。

但事情並沒這麼簡單結束。過幾天，全美各地的許多主婦紛紛寄抗議信來。大半寫道「我也和她一樣全裸做家事。因爲既開放又舒服。誰也不能貶低或剝奪這種

有這樣的英文嗎(汗)
Oh please honey

當然的權利。」不過，再怎麼說因爲舒服、因爲開放，世上有這麼多大剌剌地全裸做家事的主婦，眞的是一件好事嗎？這裡到底是個什麼樣的國度？

不過後來「全裸家事主婦」這件事，不可思議地一直留在我腦子裡。一個人抓著電車的吊環發呆時，腦子裡忽然浮現赤裸著切白菜或燙衣服的主婦姿態。最初人到底是經過什麼樣的過程，才開始想到要全裸做家事的呢？在東想西想之間，我也開始想到「是啊，把衣服脫掉赤裸著做家事，說不定眞的很舒服。」還相當認眞地想到實際來試做一次看看，不過一旦到了實行階段時，卻不禁停下腳步。要是正悄悄全裸地刷著蘿蔔泥時，太太卻突然回家的話，到底要怎麼解釋才好呢？坦白說明原因的話，到底會不會相信……這樣一猶豫，全裸的事還是退縮了。至於強暴的事就不必再想了。

幾年前我曾經在希臘的小島上住過一陣子，當時經常看到全裸的男女。在海邊走著時，赤裸的人們就那樣躺在沙灘上。當然什麼東西都完全光溜溜地露出來。剛開始還非常膽戰心驚，不過後來就習慣了。如果要問女人的裸體就在眼前會不會刺激性慾，並不會，相反地在那之後看到穿迷你裙的女性反而覺得更性感。眞奇怪。所以如果有想赤裸做家事的主婦，不妨就讓她們盡興地脫光吧，我個人是這樣想，不知道各位怎麼想？不過如果日本也有「我也經常全裸著做家事」的主婦的話，務必請向在國際間認真固執地追究「全裸家事主婦問題」的村上通報一下。半裸，也可以。

翻譯當興趣做

最近被問到興趣是什麼時，我開始回答「這個嘛，翻譯吧……」。如果是相親時這樣說的話，對方可能會有點不舒服，好事也就因此而告吹了。「因爲對方說興趣是翻譯，所以這次還是」「嗯，那也難怪啊。是這樣嗎？翻譯是興趣……」這種對話，好像會在什麼地方進行。雖然覺得這比每到星期天沒事也開著Nissan Skyline GT-R車到箱根去，在山路上追逐著堅強的Mazda Familia的興趣要正常得多，不過那又另當別論。

只是翻譯在正確的意義上，或許算不上是我的興趣。因爲，我到目前爲止已經出了相當多本翻譯的書（幾乎都是美國的現代小說），這已經成爲我職業的一部分了。起初是從沒經驗的完全外行開始的，現在重讀起來很多都會冒冷汗，不能說大話，但這在社會上也能算得上是個翻譯家。雖然如此，在我心中還是有只能以「翻譯是興趣」來斷言的部分。因爲我只要一有空閒時間，就會不經意地在書桌前坐下來「心血來潮地」開始翻譯起來。既不是爲了生活而做，也不是被誰委託而做。既不是爲了燃起「我不做不行」的使命感而做，也不是爲了自己的學習而做——雖然結果確實學到寶貴的東西，但那畢竟只是以結果論。說得白一點，正因爲我喜歡翻譯這個行爲本身，所以才會不厭其煩地繼續一直做著翻譯。這不叫興趣又該叫什麼呢？……。

我常被問到「你翻譯這麼多，是不是有請人先譯初稿？」我從來沒有請人先譯初稿過。我所知道的人裡面也沒有人請別人先譯初稿的。當然這種事情只要結果好的話一切都好，不是請人先譯初稿是好或壞的問題。只是我個人認爲，如果請別人先譯初稿，那麼翻譯這種工作的最美味部分不就流失了嗎？因爲翻譯最令人怦然心動的，再怎麼說都是把橫寫的東西化爲直寫的東西那個瞬間。那時候腦子裡的語言系統，一收一放地舒展肌肉的感覺，眞是舒服得不得了。而且翻譯出來的文章之活潑靈動，正是從這初始的舒展中誕生出來的。這快感，恐怕只有實際嘗過的人才會知道。

我寫文章的方法，大多都是從這樣作業的結果學到的。靠著把外國優越作家的文章一一從橫寫的英文「嘿」地改寫爲直寫的日文，我才能把文章所擁有的祕密mystery從根本解明開來。所謂翻譯這種事畢竟是要花時間的「遲鈍」作業，不過正因爲這樣，才能更扎實地親身學會細微的地方，翻譯就有這個很大的優點。我認爲，從根本喜歡翻譯的人不會是多糟糕的人。可能有點不夠聰明的地方，但我想絕對沒有做極惡劣事情的人。所以相親對象如果說「我的興趣是翻譯」，希望不要因爲這樣就嫌棄他。雖然那種心情，我並不是不了解。

我剛開始翻譯的時候，內心的角落有一種「既然小說家還要特地做翻譯，就必須做到和普通翻譯者味道有點不同的翻譯才行」的意識或自負，有了點經驗之後，在許多地方碰碰撞撞遍體鱗傷之後，才領悟到這是錯誤的想法。自己的味道盡量不表露出來，盡可能樸素地無色地接近原文，結果如果在盡頭地點自然出現「一種味道」的話，那就是非常美妙的事了。不過如果一開始就想調出獨自的味道的話，以翻譯者來說畢竟是二流的。翻譯眞正的趣味，就像優越的音響設備無止境地追求自然音一樣，盡在於能夠如何無止盡地忠實地譯出原文細微的一言一語。例如以喇叭來說，讓聽的人感覺到「啊，這是美好的聲音」的是二級品，首先讓人感覺「啊，這眞是美好的音樂」，才是眞正的一級品。我翻譯得越多，越痛切地這樣感覺到。不過很遺憾，不用我說，我還沒達到那樣的境界。只是「明白了」而已。光說一句

嗯
這是村上
真棒
興趣是翻譯

有興趣，其實追究下去還滿深奧的。

然而今年陸續出版了我感興趣的翻譯：比爾·克勞（Bill Crow）的《再見》（*Birdland*）、費茲傑羅的《重返巴比倫》（*Babylon Revisited*）、麥可·吉爾摩（Mikal Gilmore）的《心靈輓歌（致命一擊）》（*Shot in the Heart*）。如果有興趣不妨一讀。因爲不是開玩笑的，每一本都非常有趣。

傳說的心臟

安西水丸兄的興趣，當然是雪花球了，相當深奧喔。

沒有比公司更美妙的地方，是嗎？

我自從離開學校後，超過二十年以上，完全沒有屬於任何公司或組織，始終以「孑然一身」活到現在，因此所謂公司是怎麼樣的地方？似乎完全無法理解。每天每天到公司去，大家聚在一起從九點到五點到底都在做些什麼？我經常覺得很奇怪。或許從整個社會看來，一一感到奇怪的我這邊，才眞奇怪也不一定。

另一方面，安西水丸卻待過電通和平凡社，可以說以公司職員的身分工作了相當長一段時間。於是有一次我試著問畫伯「嘿水丸兄，公司到底是個什麼樣的地方？」他居然說「這樣說有點怎麼樣，不過村上老弟，世上沒有比公司更快樂的地方了。因爲不太需要怎麼工作也確實有薪水可以領，中午以前一到公司立刻就有宴會，好多漂亮女孩子，可以盡情談公司內戀愛、搞不倫……哈哈哈。」光是回想起來嘴巴就笑得合不攏的風情。那簡直就像是龍宮的浦島太郎的故事嘛。不過話雖這麼說，電通和平凡社的全體員工，都過著那麼happy又lucky的人生嗎？我可不以爲然。這畢竟要有像安西水丸這樣的人格才有可能。「不過，我向上司遞辭呈時，他二話不說，完全不慰留我。立刻受理，五分鐘就辦完辭職了。我還以爲會稍微慰留我呢。」畫伯一副不服氣似地交叉雙臂說，我倒想那是當然的吧。那樣隨便胡搞瞎搞的職員，誰還會慰留他呢？

不過話雖這麼說，仔細看看水丸兄的一言一行時，我偶爾也會感覺到，這個人確實跟我不同，他基本上很了解在公司上班的人的心情和想法。這也該算是一種資歷吧。

跟他比起來，我一次也沒有在公司上過班，因此無法適度理解所謂的「公司倫理」，因此往往感到混亂，或老想不通。試想起來，我發現過去我所遭遇的各種麻煩，原因似乎大半都出在這種彼此間的誤解。這邊沒有充分理解對方想法的理路，對方也無法理解這邊想法的理路。

例如和編輯工作時，我是以作家個人的身分，對方是以出版社公司職員的身分。不過那種關係，同時也是人與人的關係。大多的情況，我基本上不會把對方當成＊＊出版社的「職員」，而是首先以一個有血有肉的人來對待。難得在一起工

公司上班時代長髮引人注目的水丸

作，因此想聽聽這個人，個人的、有臉型的意見。我認爲這是作家和編輯的健全關係。如果有所謂公司的見解這東西的話，就希望能像「公司的見解其實是這樣的。不過那個另當別論，我個人的意見是這樣。」這樣並列出來。不然的話，我會對對方失去個人的信賴感。

不過我就算追究說「××兄，這是你的意見，還是公司的意見，哪一邊的？」有些人無法答清楚。「嗯，這個嘛……」話就這樣含糊不清了。或者只能說出非常難以理解的回答。我一直以爲這可能是習慣性思考回路問題。因爲並沒有經常刻意去做區別「這是公司的意見。這是我的意見。」的訓練，因此忽然聽到「那麼，現在請區別一下」，也不太能輕易辦到吧。

在遇到幾次這種人之後，我開始想到「或許，不是這樣。」可能不是這些人沒有自己的清楚意見，只是他們知道在人前——這種情況也就是在我面前——明確表白自己的意見和公司的意見的差異後，如果產生什麼結果，個人必須負責任，他們想極力避免這個。例如可能只是想排除被上司質問「聽說你在村上的地方說過，公司和自己的意見不同，這是怎麼回事？」的危險而已。這樣一想，以前發生過的許多麻煩事情，似乎就可以想通了。

不過不管事情的理由和原因怎麼樣，跟無法明確說出自己個人意見的人一起工作，不是簡單的事，我漸漸就不太跟這種對象工作了。因爲寫小說這件事——雖然寫的可能不是什麼了不起的作品——某種意義上是非常個人性、非常誠實的作業。不過這樣說，或許也只是不太了解所謂公司這種地方的我，自己任意的「個人倫理」吧？錯的難道是我嗎？

那個歸那個，至少我一生一次，也想爲了今後的學習，經驗看看像水丸兄那樣多采多姿的公司生活。啊，對了，平凡社這公司是這麼快樂的職場嗎……？

空中浮遊俱樂部通訊❷

不久以前我寫了「我常常做空中浮遊的夢」這件事，周圍對這個出現了幾種反應。

首先是《週刊朝日》負責本專欄的五十嵐先生，他好像也從以前就一直經常在做著空中浮遊的夢。我想，喂，在朝日新聞社上班的人可以輕鬆地做空中浮遊的夢嗎？不過算了，職業無貴賤嘛。總之是和我一樣經常會做空中浮遊夢的，新潟縣出身的五十嵐先生。

不過這位五十嵐先生的情況，空中浮遊的高度是一定的，大約在兩公尺左右，據說會輕飄飄地飄浮在房間接近天花板的地方。跟他相反，我的情況，就像前面寫過的那樣，大多只能飄起離地五十公分左右。聽到這回事，筆者我只能勉強飄個五十公分，怎麼負責編輯的（何況還是等同練習生的小夥子）五十嵐（以下敬稱省略）竟然能飄到二公尺之高，真叫人惱火。太不公平吧。

不過這也罷了，試著打聽之下，五十嵐的空中浮遊夢的類型，說起來似乎固定得不可思議的地步。換句話說我的情況絕對只能飄浮到不超過五十公分的地方，五十嵐的情況絕對無法降到二公尺以下。這還眞奇怪。所謂夢這東西，一般說來每個情況都各有不同，應該是有各種類型的，但總之關於這空中浮遊的夢，到細節爲止，其實每次都一樣。

「那總之非常眞實，我一醒來，連浮著的時候腳底的觸感都還記得。」五十嵐說。那種感覺我也非常了解。所以不喝酒時——不，是清醒的時候——現在也只要稍微努力一下，覺得好像就可以咻一下輕輕飄起來似的。當然實際上並不能。如果能的話，那……就相當不簡單了。

上次我遇見做夢權威的河合隼雄先生，順便試著向他請教空中浮遊的夢的事。我說「老實說我經常在夢中，只能浮起五十公分左右的高度。」先生就極簡單地說「啊，說起空中浮遊這件事，也就是在創作故事噢。所以只能浮起一點對嗎？那樣就好了。如果夢見一下子浮太高的話，是小孩子喔。大人不會這樣。」我聽了之後，眞的好高興。原來如此，雖說是朝日新聞社的職員，不過五十嵐畢竟還是個小孩子嘛。

還有一個會做空中浮遊夢的人物，是文藝雜誌的編輯鈴木某（從一開始就省略敬稱）說「其實我做的空中浮遊的夢非常可怕。」問他爲什麼可怕？這個人的情況正確說並不算是「浮遊」，只不過是「跳躍」而已。換句話說在地上輕輕跳一下時，就會砰地往上躍起來。跳上之後，再輕飄飄地慢慢降下來。那高度會隨著每跳一次而漸漸增高。第一次是二十公分高，其次是四十公分高，下一次是一公尺、兩公尺……這樣。而且心想這等比級數式的跳躍高度的增加，必須在什麼地方停下來才行，然而不知不覺間已經變成靠自己的力量停不下來了。就像往箱根開的車子，煞車燒掉了那樣。跳的高度越來越高，非常可怕，向周圍的大家喊著「喂，幫個忙啊！」這樣求救，卻沒有人肯幫忙。鈴木自己嚇得臉色發青全身僵硬，大家還以爲「鈴木飛在空中，好開心地咪咪笑著呢。」完全不理他（可能是表情有問題吧）。據說每次每次都還不偏差地做著那同樣類型的夢。雖說是空中浮遊，但每個人的內容卻各自不同。

「哇，沒有比這更可怕的事了。我每次都滿身冷汗地嚇醒過來。」鈴木邊擦著汗邊說。我想那大概眞的很可怕吧。眞可憐。但雖然可憐，因爲是文藝雜誌的編輯，所以那樣的辛苦就努力忍著點吧！我不由得這樣想。不管多可怕的夢，只要醒過來就結束了。畢竟是別人的夢。而且一想像到一邊僵著臉一邊像火箭般蹦蹦彈跳到高空的鈴木的姿態時，覺得眞好笑。雖然覺得抱歉，不過我忍不住笑出來。那是

空中浮遊俱樂部通訊
可怕
鈴木氏
突然跳起來
五十嵐氏
2公尺
村上氏
50公分
地面

惹人笑的練馬區出身的鈴木。

傳說的心臟　惠比壽的某飯店早餐「草莓薄餅」和「蘋果薄餅」相當美味喲。每次都煩惱該點哪一種好。

田納西・威廉斯是如何被遺棄的

我大學時讀的是所謂「電影戲劇系」。因爲對拍電影這回事，說得更正確是對寫電影劇本這回事感興趣。當時大學的文學院只有早稻田大學、明治大學和日大藝術系有主修電影課程。心想「只要是和電影有關什麼都可以」之下進了早稻田。結果以寫劇本的求學設施來說，大學沒什麼幫助，不過託這個福，轉變方向現在成爲小說家，所以也不能抱怨。

我在系裡最先選了一堂課，是以英語讀田納西・威廉斯的戲劇。因爲以前讀過幾齣田納西・威廉斯的戲劇，還滿喜歡的。像《慾望街車》、《奧非亞斯下地獄》之類的。不過這位老師人有點怪，一面講課幾乎從頭到尾都在數落田納西・威廉斯的不是。「你看，這種地方可以看出這個人膚淺的地方。」或「怎麼樣，各位，從出場人物的命名方式就很低級吧？」這樣。我剛開始還覺得「是這樣啊？」吃驚地聽著，但上了一學期那堂課之間，漸漸開始想到田納西．威廉斯這個人眞的是那麼膚淺而低級的作家嗎？我想也難怪。對還不到二十歲、什麼也不懂的學生，如果聽了偉大的大學教授整個學期都說「這傢伙是笨蛋、是垃圾、是章魚」的話，還是難免會被情緒控制（mind control）吧。至少我就被影響了。

爲什麼這位老師，這麼討厭田納西．威廉斯的作品，還選來當教材呢？我也無從知道。也許想趁機會徹底在大家面前徹底打擊人家。也許自己本來不想講，但因爲上司推給他「嘿，你這學期就講田納西．威廉斯吧。」不過無論如何，我想那對我和對老師自己都是不幸的事情。因爲那位老師，好幾個月之間都不得不讀出和評論那自己不喜歡的作品。

當然到了這個年紀，回頭來看時，「那是那個老師的個人意見，世間也有不同的想法。對藝術作品的評價不只有一種。而且知道大學教授之中也有不少是很（相當、非常）怪的人。」不過年輕時候頭腦還沒那麼冷靜。對於可以有效罵倒田納西．威廉斯的理論——確實現在想起來批評得還眞犀利——我甚至感到佩服。託他的福，我喜歡的作家減少了一個。多謝了。

多麼低級……

我並不是在責難什麼，或說嚴厲批評本身是錯的。一切的文本對所有的批評都是開放的，而且不得不開放。只是我想在這裡說，對某方面的負面啓蒙，有時對很多事物，有時對自己，都會造成無可挽回的損傷。這裡應該準備有更大的溫暖的類似正面「補償」的東西才行。那種沒有襯底的負面連續言行，就像具有速效性的注射液一樣，一旦開始進行之後，就無法倒回了，這事實不得不牢牢地銘記在心。

當然我對作家和作品也有喜歡和不喜歡之分。對人也有喜歡和不喜歡之分。但每次想起那遙遠的從前的田納西·威廉斯的課時，就會深深感覺「絕對不能寫別人的壞話」。倒不如說「這個很好喔，這個有意思」，希望能找到同樣很高興地覺得好、覺得有趣的人，就算人數少也沒關係。憑經驗這樣深深感覺。這是早稻田大學文學院給我的少數活生生的教訓之一。

不過在當今這種速效性社會要保持悠閒的姿勢活著，常常會覺得自己像個傻瓜一樣。不如激烈地高聲痛罵誰，還顯得明智多了。例如評論家看起來就比作家聰明。不過就算各種創作家偶爾顯得愚笨（就算實際上真的很愚笨），但要從零生出什麼來，這種作業是多麼費工夫的作業，我總算親身經歷非常了解了，因此沒辦法以一句話「那傢伙是垃圾、這作品是大便」臭罵解決掉。這不是好壞的問題。是身爲眞實作家的我生活態度的問題，某種意義上是尊嚴問題。

如果說別人的壞話能說得巧，因此而讓自己的小說寫得好的話，我想我也會四十八小時連珠砲般繼續罵出所有的壞話。我並不是完全沒有這種才能。不過我不會這樣做，我選擇盡量閉嘴，只動手寫就好。

全裸家事主婦俱樂部通訊❷

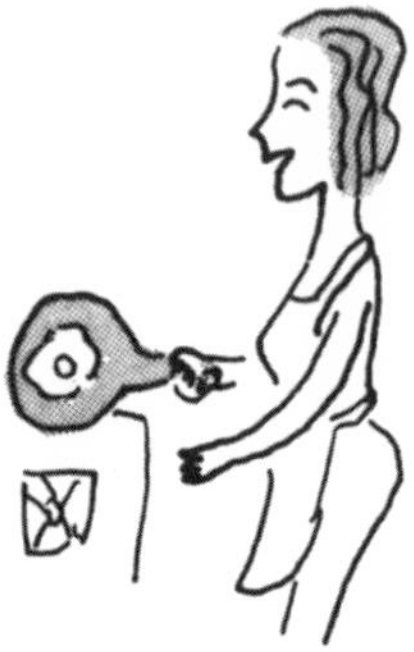

各位，您，您好！音調不禁提高了，我是村上。哇，不過我不知道日本全國各地竟然有這麼多主婦是全裸著做家事的啊。孤陋寡聞的我眞是笨蛋。

姑且整理一下事情的由來，不久前我在這專欄寫過「在美國好像有不少主婦是全裸做家事的。眞不得了啊！」結果編輯部收到一堆「說什麼傻話，我也一直是裸體做家事的喔」的信函。我大概瞄了一眼，寄件人全都確實寫了住址姓名，所以好像不是惡作劇開玩笑的樣子。其次在本雜誌連載專欄的年輕太太石橋眞理子女士，也在雜誌上提供了有關全裸做家事的寶貴資訊。感謝各位的熱心支持。其中甚至也有「男作家對人間百態眞是一無所知。好可愛喲。」語帶嘲笑的信。對不起，我孤陋寡聞。請，請指教一次好嗎？聲音又不由得提高了。微不足道未經世故的村上請見諒。不過負責整理信的編輯部小夥子五十嵐也說，我們的助理（主婦）也深深驚嘆道「有這麼多全裸家事主婦啊！」所以孤陋寡聞的也不只我一個而已。這種事情深入思考起來，到底世間該怎麼樣才正確，已經漸漸搞不清楚了。

介紹幾封信如下。

杉並區的K女士是新婚兩個月的年輕太太，家事是裸體做的，據說工作（文筆）的打字也是全裸做的。是嗎……全裸……打字啊。掃地、洗衣服，全裸著做身體比較輕鬆也比較舒服。做菜的時候會噴到油，所以會穿上圍裙。擦地板時因爲腳會髒掉，所以經常都會穿上襪子擦。汪汪。只是一整天赤裸裸地過，據說還沒坦白告訴過她先生。因爲，不願意被人家認爲是怪人。而且說「如果說有這種事，恐怕以後就不幫我買衣服了」。嗯。

宮城縣的C女士是二十八歲結婚第二年的主婦，她並不是像「好了，這下要脫衣服做家事了」這麼煞有其事地做，而是多半在淋浴後嫌穿衣服麻煩，所以就那樣什麼也不穿地光著身子拖延下去。汪汪。對她本人來說這似乎是非常順其自然的事。她的意見是「村上先生那麼認眞地煩惱，眞奇怪」。不過如果在閒聊之間跟隔壁的太太順便提到全裸做家事的事，對方一定會跌破眼鏡。並且說「如果我先生在家的話絕對不行。為什麼噢……」為什麼呢？我如果太太在家的時候也不行。

川崎市的T女士是六十三歲的主婦，她因為在開店的關係所以一整天都不行，據說只能在早上全裸做家事。如果不太冷的話，從廁所的掃除、地板的打掃，到用抹布擦為止全部做完。她先生也知道這件事，女兒也目擊過這種現場，據說都沒有特別說什麼。哦？因為很胖，而且腹部也有開刀痕跡，她知道看起來實在並不好看，但這種舒服的感覺是任何東西都無法代替的。「做過一次之後就停不下來」，託這個福從來沒感冒過。眞是太棒了吧。以後也請赤裸著加油啊。只是，可能有開刀手術崇拜狂，所以請注意愼防強暴喔。是嗎？做了兩次手術啊，嗯。

其次也有人為了紓解壓力而全裸做家事的。這位女士是匿名的，因為工作的關係平常過著非常艱苦的生活。據說一個月一次，趁丈夫出差時，把房子關緊了全裸做家事或做什麼時，一下放鬆下來頓時覺得身心煥然一新。而且一想到說不定隔壁二樓有誰在悄悄偷看時，據說身體竟然會感到戰慄的快感。不過啊，這就有點危險了吧。雖然這是個人的自由，危險也沒關係，可是，汪汪。

其次還有日本電台的「玉置宏的笑臉你好」節目中，幾年前也提過全裸做家事的問題，據說世間悄悄存在著多數全裸做家事的主婦。這個資訊明朗化是由於新宿區的荒井先生提供的。多謝了。不過這有點像從前的隱藏基督徒那樣啊。說不定我

什麼
哦
春子

在不知不覺之間，已經踏進了非常可怕的世界了。

然而全國全裸家事主婦的共同敵人，是突然「叮咚」來叩門的宅急便。就是嘛，沒辦法馬上穿上衣服啊。

村上報社和「メ張鶴」之旅

從這「週刊村上朝日堂」的專欄開始連載起，就和新潟縣的村上市結爲姊妹市關係……這完全是謊話。不過村上市的相鄰眞的是所謂「朝日村」的大村子，擁有三萬人口的村上市民中，似乎也有人對這連載懷有親近感不把我當外人。太好了。這不是「讀賣村」或「文春村」，負責本雜誌的丁稚五十嵐也撫胸安心了。

我前幾天和水丸兄到這個村上市做了兩天一夜的旅行，這次旅行有兩個目的。一個是拜訪「村上新聞社」，另一個是參觀「メ張鶴」（メ，音me）釀酒莊。老實說我和水丸兄在八年左右前的夏天，曾經在一次遠行的工作回程，順道經過這村上市，在街上散步時看見過這「村上新聞社」的招牌，還在那房子前面拍了紀念照。對這「村上新聞」的名字非常有親近感。而且從此以後我一直想，哪天要來這村上新聞社訪問看看。

再說到水丸兄，還是在這村上市釀造的稱爲「〆張鶴」（shimeharituru）酒的狂熱迷，最近終於到了身體沒有「〆張鶴」就無法正常過日子的可悲地步——這樣說也許過分了，不過在東京幾乎很難到手，爲了這酒他還東奔西跑好不容易才買到。（不禁讓人想到，不會把時間用在更有益的事情上嗎？）

如此這般，當兩個人談到「好想再去一次村上」時，旁邊的丁稚五十嵐就提議「那麼就以採訪爲目的，安排大家一起去村上旅行嘛。而且附近也有溫泉。」心想這傢伙眞聰明時，原來丁稚五十嵐竟然是村上市緊鄰的新發田市出身的。電車經過新發田市時非常懷念的樣子。臉貼緊車窗玻璃大叫「那是我老姊的家呀呢」（這是大阪嗎？怎麼說起大阪腔來了！）

「村上新聞社」創業以來十四年，包括社長日下先生有三個記者、兩個女職員，非常小的報社，辦公室也狹小，請想像西部片中常出現的「鄉村報社」印象，應該很接近。記者經常跑外面，全都不在報社，我們拜訪那天只有社長和一位女職員在。

聽說日下先生年輕時一直在做會計的工作，但從年輕時就持續抱著有一天自己要經營報社的夢想，到了四十八歲時轉念之間投下自己的資金，到朋友之間募

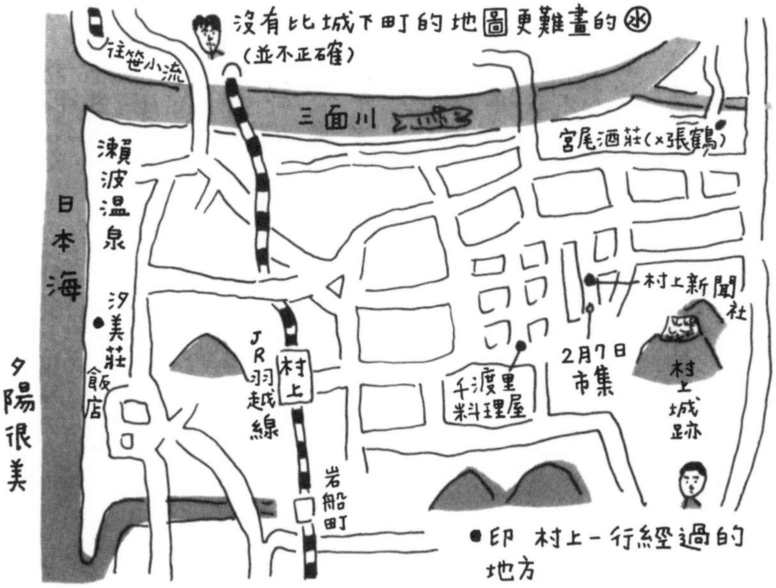

沒有比城下町的地圖更難畫的㊌
(並不正確)
往笹小流
三面川
宮尾酒莊(×張鶴)
瀨波温泉
日本海
汐美莊飯店
夕陽很美
JR羽越線
村上
岩船町
村上新聞社
2月7日市集
千渡里料理屋
村上城跡
●印 村上一行經過的地方

股成立公司，達成創立公司的願望。眞了不起啊。簡直像發掘特洛伊遺跡的施里曼（Schliemann）的故事那樣。因爲是人口少的城市，因此最初幾年還是赤字，最近好不容易終於以「地方報社」上了軌道。問題反而在，因爲地方太小，所以新聞不能寫得太詳細，萬一暴露人家隱私似乎反而不好，這一點上。例如假定寫了「某某人帶著酒氣開車發生車禍」或「某某人因爲在便利商店順手牽羊被捕」的話，某某人的親戚全都會火大起來說「那個傢伙，居然把這種事一一寫出來」，可能全都不再訂報了。也可能不再刊登廣告。確實說得沒錯。「所以呀，還不太能隨心所欲地痛快寫呢。」社長一邊交抱著雙臂一邊遺憾地說。以後還請加油寫一些有趣的報導。

釀造「〆張鶴」的宮尾酒莊第十代（不得了）社長，笑咪咪的一副穩重的紳士模樣，當然不會在便利商店順手牽羊（我想）。在這裡我們參觀了從一大早蒸新米的地方開始，到釀酒的全套過程，最後並品酒。從新鮮的酒樽剛倒出的，到五年的老酒（非賣品）整列排出來讓我們試飲，滋味實在眞美妙。我並不是對日本酒的味道很熟悉的人，但也很清楚就像葡萄酒一樣，由於釀造方法稍有不同，釀成的酒味就會有微妙的差異。「〆張鶴」整體上喝起來感覺很清爽，有點高品味的辛辣，是能提升料理的滋味。以文章來說屬於「擁有優良文體」的酒。與其大口快飲，我想不如更適合邊嘗著美味食物，邊小口小口品著滋味慢慢喝。這麼說有點失禮，不過可能不是小夥子喝的酒。

「喝了這個之後，會很難再喝別的酒喔。」畫伯這麼說，可惜「〆張鶴」的生產量只能勉強供新潟縣內的消費，不太有出貨到縣外。尤其最高級的大吟釀光是預約就訂滿了，幾乎沒有流出市場。喜歡喝酒的水丸兄笑咪咪的，抱著「〆張鶴大吟釀」回到東京。眞棒。

長壽貓的祕密

我喜歡貓，從出生到現在養過許多貓，不過能活超過二十年以上的貓則只有一隻。這隻貓在今年二月終於二十一歲了，正在更新紀錄中，但現在並不是養在我手邊。大約九年前要離開日本時，因爲暫時無法養貓，於是託養到當時講談社的出版經理德島先生家。或者不如說，「我會創作一本長篇小說交給你們出，所以這隻貓就拜託你們照顧了喔。」幾乎是勉強送過去的。

不過那時候「跟貓交換」所寫的長篇，結果對我來說，是最暢銷的《挪威的森林》，所以這隻貓應該不妨可以稱爲「福貓」吧。德島先生現在已經升上常務董事的高高職位。而且只要從松戶的自宅每星期搭董事專用的直昇機飛到音羽的講談社通勤就行了——這純屬謊言，現在據說每天早晨，依然要擠客滿電車轉車去上班。加油啊。

這隻貓的名字是「妙子」。我家太太當時，也就是從現在上溯二十一年前，照例迷上渡邊雅子（Watanabe Masako）的少女漫畫《玻璃城》，就以那出場人物的名字命名。我說「我不喜歡這樣輕浮的名字」，抗拒了一番，但寡不敵眾（話雖這麼說只不過是一對一，嗚嗚）不得已只好屈服，最後就以「妙子」固定下來。確實和《玻璃城》的妙子小姐一樣，長得好挺拔，漂亮又聰明，出生才半年的雌暹羅貓，不過……。過了二十一年的現在，我對這名字還是不滿。不過那個歸那個，《玻璃城》倒很有意思。《阿拉貝絲克》也很不錯。

閒話少說。

我有時候會爲了去見「妙子」，而到德島先生家去。二十一歲以人來說等於百歲以上的人瑞了，所以身體確實是衰老了。體重也變輕了。感覺大概只有從前的一半左右。腰腿也沒有從前那樣強壯。現在據說也幾乎不再走出庭園了。不過毛的光澤卻還驚人的漂亮，眼睛和牙齒也比預料中好許多，也還有食慾。我用帶去的羊羹餵她時，就撲上來般舔著吃掉。不過會吃甜的東西是來德島先生家以後的事。從前沒吃那種東西。最喜歡的是烤海苔。

我開始養這隻貓是住在國分寺的時候，那段時期還開著小店。當時才二十五歲左右，在工作空檔，經常讀書，現在遠比不上了。我一個人在讀書時，還記得貓就經常跑來攪和。妙子是有點與眾不同的貓，最喜歡跟我一起去散步。我出去散步時，她就像狗一樣經常從後面悄悄跟上來。

有一次我帶她到在國立的一橋大學操場去，一起跑四百公尺跑道。跑二百公尺左右還跟在後面，再下去就不行了，在那裡站定下來。惱火地大便起來。是一隻自尊心非常強的貓，而且個性好勝，生起氣來就賭氣地大便是她的毛病（很糟糕的毛病）。所以在一橋大學跑道正中央，二十年前拉了一坨的大便就是我家貓的傑作。對不起。

我後來把店搬到千駄谷去，在那裡寫小說。工作完畢後，半夜把貓抱在膝頭，一邊一口一口喝著啤酒一邊寫第一本小說時的事，現在都還記得很清楚。貓好像不太喜歡我寫小說的樣子，經常把我書桌上的稿紙蹂躪一番。那時候如果我沒寫小說，而且沒成爲小說家的話，可能也不會到國外生活了將近八年。應該會留在日本，一邊經營小店一邊跟妙子一起過著悠閒的生活。這樣的假設現在的我不太能辦到，不過就算是那樣，我覺得可能也會和現在一樣，以自己的步調活著。不管周圍的各種事情怎麼樣，我自己大概都沒什麼改變。一面抱著年老的妙子，一面這樣想。

好像和以前因爲某種原因分手的女朋友，偶然再度重逢似的，感覺怪怪的安穩

春樹・妙子重逢圖
這傢伙就是以前襲擊過我的妙子嗎
幸虧有您疼愛她
春樹兄
最近不出去外面了
貓食
德島氏
在德島家
五十嵐氏
八坂氏
水丸

的二月的午後。不過當然貓並不知道這些。貓立刻就會忘記飼主的臉，不過那也是貓的好處。

傳說的心臟

日本樂團「les 5-4-3-2-1」的ＣＤ《Pre-POP宣言》很帥喲。相當過癮。

印加的無底井

「很難給貓取名字」是T·S艾略特的名言，不過難取名字的何只是貓而已。例如給賓館取名字，開始認眞想起來似乎也很難。要問爲什麼嗎？因爲那種設施的情況，從成立過程來說，該取什麼名字的目的性、必然性、蓋然性都極爲稀薄。

也就是說所謂賓館這種東西，無論在哪裡，無論什麼造型，總之進去之後所做的事幾乎完全一樣。因爲我不太了解那個業界，所以無法淸楚斷言，不過世間爲了去吃美味鰻魚、去開俳句會、去完成短篇小說爲目的而去賓館的人應該不多。所以賓館的名字，往往可以看到像「所以嘛，暫且隨便給他取一個就行了。總之有名字就好」這樣相當草率的態度（說到草率的態度好像用關西腔發音更傳神）。老實說我從以前開始，就對賓館名字的那種「草率態度」一直耿耿於懷。

從前從前在湘南地方有一家名叫「提拉米蘇」莫名其妙名字的賓館。其次，同樣在湘南的平塚靠近大磯的海濱有一家名叫「two-way」（雙行道）的賓館。我對這家賓館的名字從很久以前就開始相當在意了。每次經過的時候就會想爲什麼是two-way呢？百思不解。而且我聽到two-way時，只會想到音響的喇叭。高中時代很想要，但錢不夠買不起，眼前浮現懷念的Goodman（Axiom）301形影時，眼眶都紅起來……雖然沒這麼嚴重，不過總之在英和辭典上查了一下這two-way時，出現「雙方向都能通行」或「相互作用」或「反面也能用」，還覺得相當懂了，但賓館經營者爲了什麼目的取了這樣的名字，我當然無從知道。

順便一提，前幾天讀了一本英語書時，看到一個句子They ended up having a three-way，意思是「他們最後就開始三個人做愛」（該場合是一女二男）。所以世間可能不是沒有two-way的說法。或者「two-way」的名字，是說「三人行是不行的喔，要就兩個人來。那樣才讓你們進來。」可能是賓館經營者堅定的意志。如果是這樣的話，也算是一種見識，我……也不是沒有這種感覺。

其次在東名高速公路的橫濱出口一帶，有一家叫做「創意房SEEDS」。我常常經過東名高速，所以這個也從很久以前就黏答答的像桌爐的納豆般在意得不得了。

嗯 春之海
沒問題嗎㊌
沖個澡 啊……
是啊
畜牲
賓館俳句會之圖
大概是這樣吧㊌

以字義來解釋，可能打算去到那裡進了房間，開始播種從零開始製造什麼吧，以一般情況來說，反而可能是不太歡迎那樣的事態來臨的男女，才會去到像那樣的場所吧？至少我是這樣理解的。

雖然那種事沒有必要一一去在意，但因爲日常所從事的是操作語言的營生，因此對這種細微地方也會「忽然嚇一跳」。並不是要對別人家的生意多管閒事，還請當事人可別認眞生氣。這只是小說家閒得無聊的自言自語而已。嘀嘀咕咕。

不過一面沿著街道旁的汽車旅館和賓館名字一一檢查、批評、佩服下去，一面悠哉地在日本國內旅行，可能覺得有點心頭暖暖滿不錯的。如果年紀再大一點的話，跟太太兩個人開著Alfa Romeo Spider一面悠哉地旅行。例如說「噢，石川縣有一家名叫『友情的說服』的賓館」喏。「那樣閒的事我可沒工夫陪你玩，你自己一個人去玩吧。」被太太這樣酷地奚落……。

接下來這不是賓館，不過幾年前，我在京都街上漫無目的地閒閒散步時，看到一家叫做「人類的微爾」的高級大廈看板。以英語來說，應該是「Human's Well」，老實說才疏學淺的我完全無法理解那意思。不過我的頭腦那時候視覺上啪一下浮上來的是，古時候以人做供品每個月投下處女的印加的無底深井。說眞的還眞有點可怕。雖說只是一個名字，京都畢竟還是有歷史深度啊。嘀嘀咕咕。

傳說的心臟　上次我在千葉縣開車兜風時，看到一家名叫「Good Luck」的汽車旅館，話雖這麼說不過……。

條件反射真可怕

這是一件有點陳舊的事了，上次東京下了相當多雪，街上難得變成一片雪白。平常的慢跑路線因爲積雪無法跑，因此我想到健身房去游泳，於是中午以前開車出門。但不知怎麼回事，那天我三次都搞錯了開進右側車道。幸虧路上空蕩蕩的，但每次都嚇一跳立刻回到左側來才得以平安無事，不過卻嚇出一身冷汗。

我長久之間離開日本生活，在那期間（除了在英國和牙買加的短期停留之外）車子一直都是靠右行駛的。因此頭腦完全習慣靠右邊了。去年夏天回到日本，那時候我也正緊張，每次握方向盤時，都要吩咐自己「聽著，要靠左邊喔，靠左邊！」每次在十字路口轉彎時，都要一板一眼地指著點出來，因此幾乎沒有犯過錯。而且過一個月左右，身體已經完全習慣靠左行駛了，不必再一一提醒自己「靠左邊、靠左邊」。默不作聲也可以一下就開進左邊了。人類的同化適應能力說起來還眞不得了啊，連自己都要佩服起來。

然而從此過了大約半年後有一天，應該已經喪失、埋葬掉的靠右行駛習慣，卻沒有任何預兆地，突然支配了我的意識。簡直就像新月的夜晚死者從墳墓裡爬出來一般。我也完全無法理解爲什麼會發生這種事情。不過我一面游泳一面想著「既不是這樣，也不是那樣」間（我在游泳時經常會想事情），忽然發現一件事。對了，是因爲下雪的關係，我忽然拍膝蓋——這麼說當然只是用語上的技巧而已，在水中是不能拍膝蓋的。

換句話說，我在經常積雪的波士頓度過幾個冬天，因此看到道路兩側有積雪的光景時，在波士頓街上行駛時的感覺便活生生地復甦了，於是不加思索便把車子開到右側道上了。那是從光景的記憶所帶來的，條件反射式潛意識行動。原——來如此，啊！簡直像希區考克的《白色恐怖》。

不過我認爲，如果我這一天錯誤地開進了對向車道去時，運氣不好發生了車禍，一下子翹辮子的話，大家一定無法知道眞正原因。「回到日本已經過一段時間了，應該已經完全習慣靠左行駛，怎麼會忽然搞錯呢？」大家應該會這樣想。一定沒有誰會知道，是因爲東京很久沒下大雪，街上積起白雪的關係。連自己，都花了很長時間才注意到這件事。

人世間說起來，眞是充滿了各色各樣無法預料的謎和危險的可能性啊，不得不這樣深深感嘆。要一切平安無事地活下去，還不是一件簡單的事呢。

我住在美國的時候，有一段時期開三菱的 PAJERO（在那邊稱爲 MONTERO）。心想好不容易開的是四輪驅動車，所以在積雪時，只要有時間就把這輛車開到空曠的地方去，一個人在雪地上練習駕駛。以前到長野縣去參加越野滑雪時，在雪地上開車有點心驚膽跳，因此想趁這個好機會，克服自己不擅長的科目。

在結冰的路上緊急煞車，握方向盤急轉彎，總之各種粗暴的動作都一一試做看看。因此一八〇度大旋轉，或一路滑行，大多可怕的情況都經歷過了。不過經常都是在周末沒有人影也沒有車影的寬闊郊外商務社區的道路上開，因此並沒有實質上的危險。頂多只有從柏油路飛出到路旁原野，車體輕微擦到木柵的程度而已。這種粗暴亂來的事，在日本時就實在沒辦法做。

因此我想到一個結論，「要在雪道上開得好，就必須開過很多雪道，經歷過各種危險才行。」各種駕駛操作，到什麼地步是安全的，從什麼地方開始是危險的，這分歧點只能靠自己的身體去學習去記住。因此現在即使下雪，我也不太怕開車。

我想是因爲知道怎麼樣開始會危險，所以反而不那麼怕了。萬一怎麼樣的時候要如何運作ＡＢＳ（Antilock Braking System，防鎖死煞車系統）來緊急煞車，在車子打滑旋轉時，要如何控制方向盤，這些也大多能掌握實際感覺了。我雖然完全不是擅長駕駛的人，但整體上相當熱心研究這些事情。不過很閒，也是個相當大的因素。

梅竹下跑者俱樂部通訊❷

全國的各位梅級、竹級以下的市民跑者們，每天都健康地跑嗎？我上次到千葉縣去，參加了館山若潮的馬拉松大賽。開始跑全程馬拉松今年是第十三年，算起來是第十三次的全程馬拉松，心裡暗暗擔心「會不會有什麼不妙的事」，但總算平安無事地跑完了，心中放下一顆石頭。

這個賽跑，由「梅竹下跑者俱樂部」的會長（會員編號001）不肖我村上和副會長映三（會員編號002）兩個人參加。我去年十二月初膝蓋痛，不太能充分練跑，因此映三說「這次脫離連敗的機會來了」，似乎悄悄地燃起希望，但他反而在二十五公里的地點遇到腳抽筋的不幸意外，我則更新了連勝紀錄。有問題的右膝從中途開始痛起來，下坡時不太能正常跑，「看樣子可能沒辦法跑到最後」內心涼了半截，但總算在「容許範圍」的三小時三十分內到達終點。太好了。

這館山的比賽在隆冬舉行，由於氣候相對安穩，加上沿途風景美麗，成爲我所喜歡的馬拉松大賽之一。沿著平坦的海濱跑一段之後，進入有高有低的多山地帶，最後再回到濱海道路。沿途的油菜花非常漂亮。我每次都在前一個晚上到千倉的「千倉館」住（這裡的老闆鈴木先生是水丸兄的朋友），先慢慢泡過溫泉放鬆下來，第二天早晨再愉快地參加跑步。因爲比賽規模不像河口湖（山梨縣）和青梅（東京西郊）的那麼大，因此起跑後也不太有互相推擠的情況，可以悠閒地以自己的步調跑。跑完後還可以泡溫泉才回家。

映三因爲食物的供應豐富，而喜歡這個比賽。他這個人的體質，如果沒有一面吃甜的東西就無法好好跑長距離，因此總之從頭到尾嘴巴都在動。這次比賽放在給水處的東西，他吃了七個奶油麵包、三根香蕉。不得了吧。而且雙手還抓了滿滿的水果糖帶著跑，一路上都在舔。我深深佩服他居然能邊跑邊吃那麼多東西，不過映三倒說，不吃的我反而奇怪，「春樹兄，什麼都不吃居然還那麼能跑。那樣很反常喔。」每次都很佩服我。

映三在跑的途中，據說看到小朋友們站著吃零嘴吃得津津有味時，就會很不甘心「眞火大，好想搶過來吃。」好可怕喔。他是這麼迫切地需要能量補給來源的零

早春的房總也風平浪靜
哇
加油
哞
村上會長的腳

嘴。不過，跑進終點之後，居然哼哼地念著「不行了，不，再也不能吃了」。我想還是有點不太正常。跑了四十二公里，平常不是該叫「好苦」或「腳好痛」嗎？

老實說，我喜歡坡道多的路線。很久以前參加過奈良的「明日香馬拉松」，因爲路線的上下坡過多跑得累壞了。從此發奮圖強，爲了克服坡道，練習時也刻意多跑坡道多的地方。而且盡量選擇坡道陡的上坡路跑。例如去輕井澤時，就跑上離山的頂點。於是不可思議地，漸漸開始很喜歡坡道，比賽時看見前面有坡道時，臉上甚至會露出笑容「很好很好，要上坡了喔」。一般人開始疲倦時，看見上坡路會大失所望，我則完全相反。這個差別所帶來精神上的鼓勵，我想應該絕對不小。

我跑坡道的基本方針是「下坡讓五個人超過，上坡要超過十個人」，下坡時刻意放慢步調，上坡時則把排檔放下猛踩油門。這種跑法好像很適合我的個性，只要保持這樣的步調，到最後都不太會腳痛。箱根的馬拉松接力賽時各個團隊分別都有專門擅長上坡的人和專門擅長下坡的跑者，好像以性格和體質來分別決定的樣子，我精神上似乎比較接近專門跑上坡的人。

不只是跑步方面，工作方面，如果一切都太順利的話，不知道爲什麼心情會開始無法鎮定。有什麼會悄悄開始癢起來。被誰讚美的話身體會緊張起來（當然被讚美我也會高興），嘴巴會開始不小心溜出無聊的話，陷入自我厭惡的境地。然而風向相反地逆轉時，我好像會忽然精神抖擻起來。想到「好吧好吧，要上坡了」臉就綻開笑容（這樣說也許有點過分）。把排檔切換到低速檔。自己也不是不知道自己個性奇怪。但喜歡跑長距離，而且喜歡跑上坡路。不過個性這東西一定是到死都不會變的喔。

確實，我喜歡喝啤酒

到目前爲止，有人問過我三次或四次，要不要來拍啤酒廣告？但爲什麼每次每次都是啤酒廣告呢？例如爲什麼不是玉兔牌橡皮擦或Comme des Garçons（川久保玲的服飾品牌）或都營地下鐵或石丸電氣或朝日新聞或TAKARA流理台或Toyota Forklift堆高車或日本大學理工學部或麥金塔電腦，世界上有太多產品和公司了，簡直多得像天上的星星。但爲什麼只有啤酒來找我上廣告呢？一定有什麼，和我這個人的存在根源有直接關連的必然原因，像傳說的大饅魚那樣橫躺在那裡吧。我試著推測，到底是怎麼回事，頭腦愚笨的我還是想不通。知道的人請告訴我。

從結論來說，任何委託我都沒有接受。首先第一點，我實在無法想像，我的臉在電視上播映出來，世間的人看見了，就會拍膝蓋說「啊對了！我一定要來喝個啤酒。」於是走向冰箱的場面。我每天早晨起床，到洗手間去洗臉、刷牙、刮鬍子。但都盡量不看鏡子裡映出的自己的臉。因爲看了只有從早就開始心煩而已。因此現在完全不照鏡子也能刮鬍子了。所以，就算我出現在電視上，在大家面前咕嘟咕嘟喝啤酒，對世上的誰會有幫助，我實在無論如何無論如何都不以爲然。並不是謙虛，或什麼。

另外一點是，小說家爲什麼非要在電視廣告上出現不可呢？這根本的疑問，在我心中拂拭不去。但在這裡如果要追究這個命題下去，世間可能會變狹小，因此就在這裡打住。請忘記吧。

有一件怪事。我住在羅馬的時候，和我太太去威尼斯旅行。因爲是開車出門的，是開到哪裡就看到哪裡的旅行，因此也沒預訂住宿的旅館。到威尼斯住進一家老飯店，有一天早晨正在前往餐廳時，聽見身後有人招呼「是村上先生嗎？」回頭一看是穿西裝的日本男人。「是的。」我回答。對方拿出名片。是廣告公司的人。長話短說，他是爲了遊說我幫一家啤酒公司做電視廣告而特地從東京來到威尼斯的。只是爲了見我而已。只不過這樣的理由。到底怎麼回事，我感到莫名其妙。

「不過，你怎麼知道我在這裡？我應該是沒告訴任何人我在哪裡。」我大吃一驚地質問他。

再長話短說，他先到羅馬去拜訪我住的公寓。但因爲我不在。於是用盡方法到處調查打聽我的去向。其中碰巧有一個人聽說我好像往威尼斯的方向旅行去了。他於是抱著電話號碼簿，打給威尼斯的所有所謂高級飯店。試打了幾通之後，找到我住的飯店（這眞是奇蹟。我平常都住更便宜飯店的，那次因爲沒有空房，沒辦法才住高級飯店）。於是在早餐的座位上竟然碰巧把我逮個正著。

平常我可能會推辭說「這是個人的隱私旅行，不想接受沒有預約的採訪。」不過人家做到這個地步了，我也不得不佩服。簡直像小說一樣。舞台畢竟是威尼斯，所以我就好好聽他說明，我對他現在依然沒有懷著不好的印象。濃密的熱情，大膽而迅速的行動力——在公司一定也是被器重的人。如果生在古代埃及，可能可以建築氣派的金字塔在歷史上留下一筆。但碰巧生在現代，碰巧在廣告公司上班，碰巧要做啤酒廣告。不是諷刺。

不過很抱歉，我還是拒絕了廣告的委託。如果當時在一起的對方不是我太太的話……現在想起來都會冒冷汗。是吧？廣告公司的各位，我了解你們的心情，但沒有預約請不要來找我喔。

不過，因爲是現在我才坦白說，我只上過一次電視廣告。我的朋友在廣告公司上班，來跟我說「有一家家電廠商的廣告，要在國立競技場的跑道拍攝馬拉松大賽

喂你是村上先生嗎
是啊
如果有這種事
該怎麼辦

的實景，請你亮個相怎麼樣？」因爲好像很有趣的樣子，所以我就答應演出。混在外國人跑者之間，我在終點之前展開衝刺。攝影花了半天時間。因爲拍出來的影像小小的，所以誰也沒注意到……。報酬只有一個超商的便當而已。

傳說的心臟　新幹線到達名古屋車站時，每次都會反射地哼起〈楊柳爲我哭泣〉（Willow Weep for Me）的人，或許只有村上吧？

空中浮遊俱樂部通訊❸

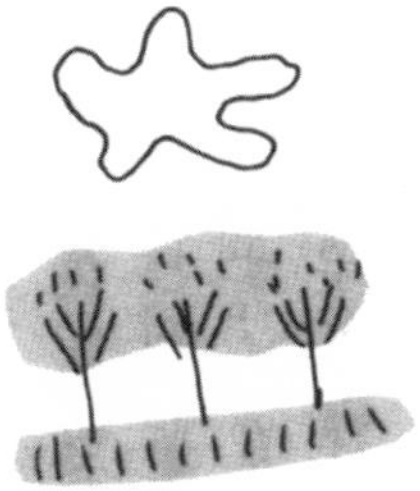

再來談談空中浮遊的事。我收到全國各地的讀者來信說「我做了這樣的空中浮遊的夢」。日本全國有許多人，分別以各種方法在空中飛，或飄浮著。

這不是信上寫的，而是直接聽到的，首先是和田誠先生①（爲和《週刊朝日》情誼特別深厚的《週刊文春》畫封面的和田先生）的情況。

「我是飄浮在代代木公園的樹上方一點點的高度，剛好輕飄飄地浮在那裡。我首先想讓周圍的人看。你瞧！我會這樣浮在空中喔。換句話說，想讓人家對我有好感（笑）。於是我腳『嘿！』使力一蹬，就咻一下慢慢飄向空中。每次都很擔心是不是飄得起來，但總算都很順利。」

據說和田先生年輕時候，讀過佛洛伊德說空中浮遊的夢帶有性的含意，從此以後就不太敢跟別人提起空中浮遊的夢了。這次才打破漫長的沉默，終於出櫃了。如果你看見好像很舒服地在代代木公園的樹林上方輕輕飄浮的人，那就是和田先生了。請裝成佛洛伊德的模樣（是什麼樣子呢）跟他揮揮手吧。

在中央公論社負責跟我連絡的編輯橫田小姐（二十多歲的女性），據說夢見變成小鳥在空中輕輕鬆鬆地飛來飛去。非常快樂。也從二樓窗戶往家裡窺視。不過據說有時候會跌落地面，哇一下醒過來。

拜讀過寄來的信後，似乎可以把空中浮遊的夢大別分爲三種類型。⑴空中滑行，或飛旋。⑵在空中高高地蹦蹦彈跳。⑶只是安靜地浮在空中。以上三種。我和和田先生和丁稚五十嵐的情況屬於⑶的類型，不過以全體的人數來看反而算是少數派，⑴的例子（橫田小姐的夢也屬於這類）似乎占壓倒性多數。這倒令人意外。其中最多的是「被誰追逐，正跑著逃走之間，不知不覺就飛到空中，啊太好了！得救了！好舒服喔！」這類的夢，其中也有說「追來的人每次都是叫阿銀的阿婆」這樣相當清楚的夢（吹田市的次田小姐）。這倒滿可怕的啊。

飛法也有各式各樣，其中最多的是說「像游泳般飛」的人。像游蛙式或自由式的要領運動手腳，在空中前進。這好像和實際上會不會游泳無關。此外也有人抓住風，像風箏那樣像滑翔機那樣咻咻地到處飛。也有人說經常騎著越野機車在山區到

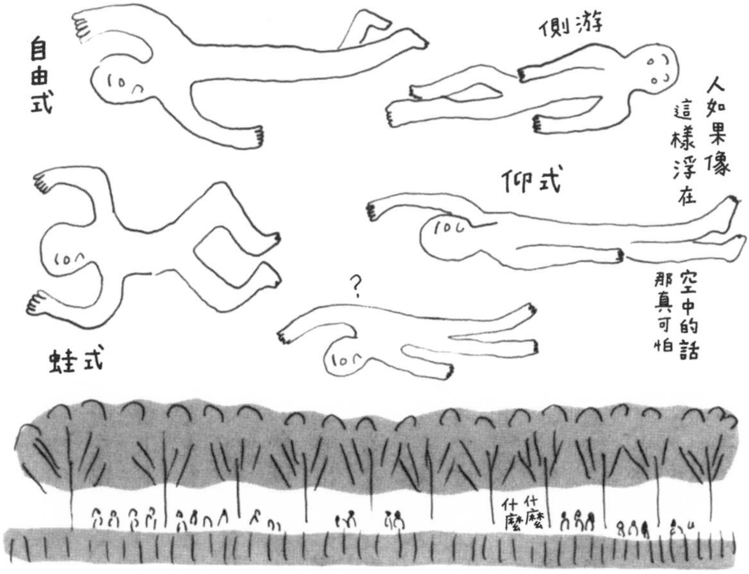
自由式
側游
人如果像這樣浮在空中的話那真可怕
仰式
蛙式
?
什麼
什麼

處跑，以那樣的感覺自由地飛在空中（金澤的大城先生）。也有兩個人說從橋的欄杆嘿一下跳起來，就那樣巧妙地飛上空中了。

大體上可以說有一個共通點，那就是「那些夢都非常快樂、非常舒服」。幾乎全體都希望更頻繁地夢見浮在空中，飛在空中。不過想夢見也不太能隨心所欲地憑自由意志夢見。京都市有一位叫宮之原的人說，蓋三床棉被，上面再放一隻貓睡的話，每次都能如願地夢見飛在空中（哎呀呀世間眞是有各種人啊），這種人畢竟是例外。

似乎有不少人說，很久沒夢見在空中飛了好寂寞。長野縣塩尻市的唐澤女士（七十四歲），年輕時經常做空中浮遊的夢很快樂，但過了五十歲後就完全不再做了。最近只做大家都去爬山只有自己腳不能動的悲哀的夢。她說「我很驚訝人居然會做和年齡相應的夢」。不不，沒這回事。人的想像力到幾歲都是無限的。不可以放棄。請繼續加油做快樂的空中浮遊夢吧。然後還有，現在人在名古屋拘留所的足立先生，據說自從被囚禁之後，頻繁地做在空中飛的夢。也請他加油喔。

據京都市的金子小姐（二十七歲單身）說，搭乘大阪國際花與綠博覽會場內營運的「風神雷神」摩天輪的感覺，和飛在空中的夢中感觸一模一樣。所以每次去博覽會場就會一連搭乘三次風神雷神直立摩天輪。原來如此……，我也想搭乘一次看看。她寫說「如果有前世這回事的話，我一定是鳥」，不過很多人有這種意見。

也有不少信上說，以前我跟誰談起飛在空中的夢，人家都完全無法理解，把我當怪人，所以知道除了自己以外，還有人也做同樣的夢，很高興。

①和田誠（1936 - ），多摩美術大學設計科畢業。從事插畫、封面繪圖、設計，也作詞、作曲、翻譯。曾寫過電影劇本，並擔任導演。著有《故事之旅》，和村上春樹合作有《爵士群像》及《爵士群像2》。

說到不再受傷

很久以前，我在美國的雜誌上讀過，上了年紀之後性慾會逐漸降低，這並不是壞事。有一位男性這樣告白「年紀大了，知道自己終於從性慾這不講理的牢獄解放出來，對我是一大樂事」。當時我才三十出頭心想「哦，是這麼回事嗎？」只是佩服而已。

現在我已經四十歲過了大半了（歲月就像水流中的素麵那樣快速流過），我對那發言，以更接近老年人的心，想到「一方面可能是這樣，另一方面應該絕對不只是這樣。事情沒那麼簡單吧」。更詳細的情形說來麻煩，嗯，在這裡就不再多提了。

年紀大了，多少有差，逐漸降低的不只是性的潛能而已。還有精神上的「受傷能力」也會降低。這是真的。例如年輕時候，我在精神上也相當頻繁地受傷過。一點些微的挫折，眼前就會變成一團漆黑，誰說了一句什麼話，心就被刺傷了，感覺腳底的地面好像快塌了似的。回想起來，日子也實在眞難過。在讀著這文章的年輕人中，可能也有人現在正在嘗到同樣的辛苦。可能正煩惱自己因爲這種事，往後的人生要如何過下去？不過沒問題，不必那麼煩惱。年紀大了之後，人類一般來說，都會變得比較不會傷痕累累了。

爲什麼年紀大了受傷能力會降低呢？原因不太清楚。而且那對我來說，很難說是好事，或不好的事？不過要說哪一種比較輕鬆，怎麼想都是受傷少比較輕鬆。現在就算誰說了多麼過分的話，就算被朋友背叛了，就算信賴他人才借出去的錢回不來了，就算有一天翻開報紙上面寫著「村上連跳蚤大便的才華都沒有」（不是沒有可能），都不太會受傷了。因爲不是被虐待狂，所以還是會不高興。但不會因此就深深消沉，一連苦苦煩惱幾天了。想到「管他的，事情就是這樣」，就那樣忘記了。年輕時候辦不到。想忘都忘不了。

結果差別就在能不能想成「管他的，事情都是這樣」吧。換句話說這種事經歷過幾次之後，結果就算發生了什麼也會想到「怎麼嘛，跟上次的事情不是一樣嗎？」於是可能會開始感覺一一去煩惱實在很笨。說得好聽是變堅強了，說得難聽，也可以說是我心中有的天眞敏感的感性已經磨損了。簡單說就是變厚臉皮了。

不過不是我找藉口，以我個人的淺薄經驗來說，如果我繼續抱著天眞純樸的敏銳感性在我所屬的職業世界要試著生存下去，就像消防員穿著人造纖維襯衫跳進熊熊烈火的火災現場想救火一樣。

不過我上了年紀變得不太受傷，我想原因不只因爲我臉皮變厚了。以某一天爲界，我覺悟到「上了年紀的人還像年輕人一樣精神動不動就受傷，實在不太光彩」，從此以後我刻意訓練自己不要隨便受傷了。至於是如何達到那樣的認識的，因爲說來話長，在這裡就略而不提（不提的事太多了請見諒），不過那時候我深深感到。精神上容易受傷，不僅是年輕人常見的傾向而已，那也是他們被賦予的權利。

當然上了年紀，還會傷心的事還是不勝枚舉。不過那再露骨地表現出來，或一直放不下地拖拖拉拉，對有了年紀的人來說，實在不是相稱的事情。我這樣想。所以就算受傷火大了，也就刻意忍氣吞聲裝成小黃瓜般清涼的臉色。最初不太順利，經過一番訓練之後，漸漸地變成眞的不會受傷了。不過這就像雞和蛋一樣，可能已經不會受傷了，才可能做那樣的訓練也不一定。不太清楚哪一邊在先，哪一邊在後。

「那麼，爲了要不受傷，現實上該做什麼最好呢？」如果你要這樣問的話，我

怎麼搞的
還和以前一樣嘛

只能回答「有討厭的事，也裝成沒看見，沒聽見」。

於是立刻有效的村上春樹私家版「彼得法則」，「首先從太太開始喔。其他的世間事就簡單了」。沒有太太的人……我就不管了。

傳說的心臟　村上和水丸兩個人都是羅珊娜·艾圭特（Rosanna Arquette）的迷。村上喜歡《捍衛入侵者》（Flight of the Intruder）中的她，連看了三次。

一事即萬事

前面也寫過，從前，我在國分寺經營爵士喫茶店。雖說是爵士喫茶但並沒那麼嚴肅，是一家也可以輕鬆喝酒的店。自己說有點怎麼樣，不過在當時還算是一家不錯的店。不過因爲有點情況而搬到都內的千駄谷。

當時出於需要，想在附近的銀行開一個能開支票的帳號，不過因爲在當地沒有業績，因此到哪家銀行都沒人理我。如果在美國的話要開一個能開支票的帳戶，就像換鞋帶般容易，但在日本不知怎麼這種手續卻非常麻煩。

怎麼辦，不能開票的話很不方便，一面想著時有一天走在原宿車站前（當時的原宿並不像現在，每天都是假日般熱鬧），有一家銀行的原宿站前分店剛開張，行員走出步道來分發紀念品。有一個中年人很親切地走上來說「這次本銀行在這邊開張。請多指教」。我當時還年輕，穿著棒球外套、牛仔褲，相當窮的樣子（試想一下我現在也還穿得一樣）心想「會特地跟我打招呼，一定很閒吧」，於是試探地問「其實我的店剛剛搬過來，還沒有能開支票的帳戶正傷腦筋呢」。於是那個中年人說「明白了。我來幫你想辦法」。我一邊懷疑一邊走進裡面去，他向女行員說「馬上幫這位客人開個帳戶」，確實轉眼之間帳戶就開好了。後來拿到名片一看，原來這位中年人是支店長。不過支店長親自走到步道上去拉客（可能不這麼稱呼，不過類似這樣），眞了不起。我好佩服。

以都市銀行的排行來說，這家銀行並不算頂級，不過我從此喜歡這家銀行，一直把這家當成主要來往銀行。現在該銀行已經合併改名了，因爲所在位置的關係沒有以前往來那麼頻繁了，不過還是有繼續支持。這說起來，也因爲追溯到十八年前原宿支店長曾經在路上向我出聲招呼，爲人親切而周到地對待我的關係。當然當時我個人的存款，比起企業所動用的資金是微不足道的，從對支店長的實際業績貢獻度這點來說，也幾乎接近零吧。不過這種腳踏實地的細微地方都一一珍惜的話，總有一天會有好事。我想。就我所知，這家銀行到現在爲止都沒有發生過任何重大的不體面事情。

想到這裡也有相反的例子。七、八年前我在倫敦住了一個月左右時，需要市內

哦這樣是嗎
冷笑冷笑
其實我想租房子…
請對日本人親切一點！

住宅的資訊，到一家航空公司去，聽說去那裡可以拿到日語的免費資訊雜誌。走進辦公室時，看到一位穿著西裝很了不起似的男人不客氣地走上前來，問道「請問有什麼事嗎？」「沒事，其實我在找出租的房子，所以你們這裡放著的住宅情報雜誌可以借看嗎？」我很謙虛地回答時，那個人就像看見髒東西般把我從頭到腳打量一遍。然後露出冷笑（所謂冷笑是什麼樣的笑，那時候我終於知道了），「哦，情報雜誌？只有這件事嗎？嗯，原來如此……」就那樣走掉了。好像迫不及待地要盡量遠離像我這樣的人似的。

確實我穿的是像《地球的走法》①的模樣，也不是要來買機票的。對那家辦公室來說，老實說只有添麻煩而已。沒錢可賺。不過，我想也不必這樣刻意讓人家感覺不愉快吧。何不高高興興地微笑著說「哦是嗎？請自由地盡管拿去看。希望你能找到好房子」。這樣對他又有什麼損失呢？

託他的福從此一連三天，我在倫敦初春的陰沉天空下，心情一直無法開朗地度過了難過的日子。後來除非不得已，我就不再搭乘那家航空公司的飛機了。並不是下決心絕對不搭，而是有其他選擇時首先不會搭。因爲每次都會想起在倫敦的辦公室所遇到的，孏美營業用冷凍庫的冷冰冰的冷笑。提到這家航空公司到目前爲止所發生的事故……說來話長，在這裡就割愛了。

我對公司和對經濟這種專門事情並不清楚。不過對看人則不算不擅長，看到人就能知道大體上的事情。我覺得世間眞的有很多所謂「一事即萬事」的情況。

傳說的心臟　地下鐵銀座線靠近車站時，車內的電燈不再熄滅已經很久了。村上因爲最喜歡那個而喜愛搭乘銀座線的，因此好像覺得很遺憾的樣子。

①《地球的走法》（地球の歩き方），日本最大自助旅行情報刊物。

文學全集到底是什麼

前年夏天吉行淳之介先生①去世時，我去參加告別式。記得那是個非常熱的下午。我不是個經常在婚喪儀式場合露面的人，跟吉行先生生前見過幾次，但私交並不算親密，因此被幾個編輯問到「為什麼村上先生會特地來呢？」我回答說「因為新人獎的時候和谷崎獎的時候，先生擔任審查委員，而且很多方面很照顧我。」——實際上就是這樣。不過關於吉行先生，有一件讓我掛心的事，因此無論如何想見他最後一面。

很久以前，我住在國外時，很久不在日本而短期回國時，有一家出版社打電話來。提到「這次本社想出昭和文學全集，裡頭想放您的《1973年的彈珠玩具》。我說「這麼說我很榮幸，但我想《彈珠玩具》並不是適合放在全集裡的作品。可以換別的作品嗎？」於是對方很婉轉，但說了類似「因爲事情已經在進行中，而且以長度來說，那篇作品也很適當。」的事。

說是「以長度來說很適當」，也有點傷腦筋。我並不是在把文章秤斤兩賣的。而且在說著之間，可以確實感覺到對方好像完全沒有讀我的作品，就算有讀，也並不給予好的評價似的。這當然一點都沒關係，不過我心情上無法接受的是，隱約可以感覺到「人家要把你的文章放進全集，你何必這麼挑剔？」的態度。至少我是這樣感覺的。可能沒有惡意。或者那個人只會這樣說話也不一定。

不過老實說，我感覺自己還不是作品足以放進全集那樣傑出的作家，所以就說「沒關係，如果麻煩的話就請從全集中剔除好了」。於是對方語塞了。「可是，已經印在說明書上了」。他說。「什麼說明書？」我問。「也就是說，全集的說明書的標題，印有『從谷崎潤一郎到村上春樹』，現在已經不能換了」對方說。

我不太能理解，因此提出質問。「冒昧地請教一個問題，這件事以前有通知過我嗎？」「沒有。」對方說。那麼，公司沒有得到我的同意就把我的名字印在說明書上，是事後才要求我答應的。我並不是一個心胸狹窄的人——我想——，至少也是憑自己的本事吃飯的人，不願意被當成長距離鐵路貨物般處理。「說明書的事，我不清楚。如果收錄的作品不能換，那麼這件事我想拒絕。」說完掛斷電話。

後來連絡過幾次，事情都沒有進展。不久另一家來往的出版社編輯打電話來說「可不可以在這裡互相讓步一下呢？」說起來，那全集的企劃負責人是該公司的OB（old boy，校友、前輩），是他以前的上司。非常難以拒絕，不過我好好說明了理由之後，還是拒絕了。

其次吉行先生透過中間人轉來「可否請在這裡折衷一下」的訊息。就像剛才說過的那樣，吉行先生是文學獎的評審委員，是推薦我的恩人，這點我很感謝。但不知道是誰的意思，在實務方面不對問題的道理做進一步的深究，卻想繞圈子走後路的做法，我也無法苟同。因此決定「跟那件事情已經無關了」，後來就不再理會。因此我本來就很少的人際關係中，有幾個又被我搞砸了。

不過我對吉行先生這位作家個人是喜歡的，因此在他去世的時候去行禮，雙手合十低頭說「眞抱歉」。至於能不能了解我的心情，則不太有自信。其實可能應該在他生前去見他向他道歉的，也沒有那樣的機會。吉行先生也絕對不喜歡動口干涉吧。

很久以後，我聽說這全集的企劃負責人（我想可能是跟我通電話的對方），在全集發行的中途跳水自殺了。聽說可能是發行時過度勞心的關係。當然人選擇死的眞正理由，誰也不知道，不過那勞心的百分之幾可能是由我造成的。我想如果是這

聽說村上先生和吉行先生
在酒席遇見過兩次
吉行淳之介氏
哇
騙人
本圖是從以前畫在《村上朝
日堂》的圖加筆而成的(水)

樣，眞的是說不過去了。不過如果現在在這裡再發生一次類似的事，我可能還是會做一樣的事。

寫東西，從零開始生出什麼來，說起來畢竟是打打殺殺的世界。沒辦法對大家都笑臉迎人，有時難免不是故意卻造成流血事件。那責任就由我好好雙肩挑起活下去吧。

傳說的心臟　一邊聽著艾瑞克·柏登與動物合唱團（Eric Burdon & the Animals）的〈飛行員〉（Sky Pilot），一邊開著BMW的雙人座敞篷跑車，世界眞舒服！正是春天嘛。

①吉行淳之介（1924-1994），日本現代作家，村上春樹獲「群像新人獎」時的評審之一。作品曾獲許多獎項，包括：芥川文學獎（《驟雨》）、文部大臣藝術獎、谷崎潤一郎文學獎（《暗室》）、新潮社文學獎、讀賣文學獎、野間文藝獎……等。

長壽貓的祕密・生產篇

上次寫過二十一歲的長壽貓妙子的事，這隻貓有很多奇妙的小插曲（老實說，多得可以寫成一本書），因此請讓我再追加寫一點。對於說「看到貓就怕得身體縮起來」的水丸兄，又要他不得不畫貓的畫，眞覺得過意不去。

妙子因爲是雌貓所以生過幾次小貓。這隻貓雖然是純粹的暹羅貓，不過我對血統並不特別在意，因此從一開始就放她出去隨她高興。所以小貓們全都是父親不詳的小雜種，不過臉都長得很漂亮，又聰明又可愛，因此每次都轉眼間就被分別抱走了。不過到了妙子七、八歲時，聽認識的獸醫說「年紀不小了，爲貓的身體設想，差不多該給她做避孕手術比較好」。就請他做了。不過到那時候爲止，我想她總共懷孕了五次，分娩了五次。

說到貓生產的時候，通常都會避開人的眼

光，躲到陰暗的角落去悄悄生小貓。我以前養過的貓都這樣。生的小貓也不讓人碰觸。不過唯有這隻妙子，卻一定要在亮的地方，而且一定要在我旁邊生小孩。開始陣痛起來，終於快要生的時候，就會喵喵地一邊叫著一邊靠到我膝蓋邊，扭著纏我。並以傾訴的表情看著我的臉。沒辦法我只好說「好吧好吧」握住妙子的手。於是貓也用她那肉球緊緊地回握我的手。不久開始「抽動」起來，從雙腳之間漆黑濡溼的胎兒蠢蠢動著露出臉來。

生孩子的時候，妙子上半身站起來，雙腳張開坐著。我從後面像支持著她般，握著她的雙手。貓有時回過頭來，好像在說「不要離開我喔，拜託！」以嫵媚的眼光一直盯著我看。孩子生出來之後，我會幫她把那胎盤撿起來丟掉。貓在那之間就伸出舌頭慈愛地一直舔著小貓的身體。

光這樣就沒事了也好，但這隻貓每次一定都會生五隻小貓。而且生完一隻之後到生下一隻之間，要休息三十分鐘左右。所以從開始的陣痛到最後的小貓生出來為止，大約要花兩小時半左右的時間。在那之間我一直要握著妙子的手，互相注視著對方。這以情景來說就相當奇怪，以肉體上來說也很疲勞。

此外，這隻貓不知道為什麼，一定是在午夜過後生產。我那時候還在開店，每天肉體勞動已經很累了，半夜兩點到黎明時分，還要幫貓助產，實在眞吃不消。所

我沒去找過獸醫㊌

以中途會請我太太暫時交替地幫一下忙（又睏、肚子又餓、又想上廁所），但妙子不知道為什麼，生產的時候絕對只會來找我。而且絕對不放開我的手。所以我太太常說「那個，會不會是你的孩子啊？」我完全沒有這種記憶。貓的父親當然是附近哪家的貓。這樣說我也很傷腦筋。喵喵。

不過和正在生產時的貓，半夜裡幾小時都一直互相眼對眼時，覺得我跟她之間確實存在著類似完美的溝通般的東西。現在在這裡正在進行著某種重要的事情，有我們共同擁有的明確認識。是不需要語言，超越貓與人的分別的心的交流。在那裡我們互相理解，互相接受。現在想起來，那真是奇妙的體驗。

因為說起來——就像世間大多數聰明的貓那樣——妙子平常也沒有對我們徹底敞開心。當然我們是一家人，感情很好地住在一起，不過其中還是隔有一層看不見的薄膜般的東西。就算偶爾會撒嬌、會嬌縱，但還是會畫出「我是貓，你們是人類」這樣的一條線。尤其這隻貓很聰明，她在想什麼，無法得知的部分相當大。

但只有在生孩子的時候，妙子似乎會把自己的一切，像剖開曬乾的鰺魚般，毫不保留地委身給我。那時候的我，簡直像在漆黑的暗夜裡被射出照明彈般，可以清清楚楚詳詳細細看到那隻貓所感覺著的事情、所想著的事情。貓有貓的人生，他們有他們的想法，有歡喜，有痛苦。不過生產完畢之後。妙子又恢復原來的模樣，變回充滿了謎的冷酷的貓。

貓眞是奇怪的東西啊。

傳說的心臟 《城市快報》（Town Page）職業別電話號碼簿中，有「賓館」這個項目，你早就知道了嗎？村上不知道。因爲以前沒有必要查。

長壽貓的祕密・夢話篇

全國討厭貓的各位，很抱歉，又要再談貓的事了。而且是有點可怕的事，因此如果說「這種事不想讀」的人，請翻到下一頁。不過不知道下一頁到底有什麼。

那麼過了二十一歲還繼續活著的妙子（雌、暹邏貓），眞的是充滿謎的貓。在我過去所養過的貓裡，也算是最多故事的貓。例如這隻貓睡覺的時候，經常會說夢話。您可能知道，有些貓會做夢，也會說夢話。會做惡夢喊叫出來。所以這件事本身並不稀奇。不過這隻貓有時夢話會說人話（聽起來像）。這是大約十五年前了，我曾經在什麼隨筆上寫過，因此可能有人讀過。不過因爲是太怪的事了，我自己都還沒辦法接受，所以在這裡重寫一遍。

有一天我和貓一起睡覺。我想大概是睡午覺吧，記不清楚了。總之那時候我太太不在，我一個人在家，跟貓枕頭並排地睡。不是語言上的表現，而是眞的枕頭並排睡的。妙子像人一樣，習慣把頭枕在枕頭上睡。她會朝向我這邊，或打鼾或把鼻息吹到我耳邊，因此有時被煩得睡不著。

我那時想睡了，正恍惚地閉上眼睛時，就在耳邊聽到「可是你這樣說……」小聲的話。我吃一驚張開眼。並環視周圍一圈。但沒有任何人。只有旁邊貓正熟睡著而已。偶爾身體伸長了說著類似「咕嚕咕嚕」的夢話。不過我那時候近在耳邊，清楚地聽見女人說「可是你這樣說……」。

或許貓說夢話發出無意義的聲音，聽起來碰巧像那樣也不一定。不過當時話的文脈非常清楚，重音也很確實。我當時也還沒睡。所以那也不是夢。我因爲沒弄清楚，因此搖了妙子的肩膀把她叫醒。貓說「咿咿嗚嗚、怎麼搞的嘛，你眞囉嗦」，簡直像我太太或什麼似的鬧情緒的醒法。

「嘿，妳剛剛是不是說了什麼？」我眞的試問了貓。

貓睜開眼瞪著我的臉，什麼也沒回答。打了一個大大的呵欠，伸了一個長長的懶腰之後，一副「眞是的，這個人到底在說什麼？」的樣子，從棉被裡出來，搖搖頭就那樣不知走到哪裡去了。不過我那時候留下一個很深的印象「這隻貓一定藏著什麼祕密」。看起來像貓，自己重要的祕密不小心被人識破了，巧妙地含糊掩飾過去似的。這傢伙其實是會說話的，但因爲嫌被知道了之後會麻煩，於是把那能力巧妙地隱藏起來過著日子嗎？我甚至這樣認眞地想。或許實際上眞的是這樣也不一定。

不管怎麼樣，從此以後我在妙子前面，不再粗心大意地亂說話了。貓眞的是，不知道背後在想著什麼。

其次這隻貓還會對鳥施加催眠術以便捕抓。妙子以爲我們沒在看——她這樣想——時，一個人悄悄在做著。不過我太太碰巧目擊到那場景。我太太發現貓從屋頂上，朝著停在電線上的兩隻麻雀發出非常奇怪的叫聲（說是無法形容的聲音）。「到底在做什麼？」覺得好奇怪，爲了不讓貓發現就躲在窗簾後面偷偷觀察那模樣。被妙子的聲音呼叫之下，麻雀們簡直像被下咒語縛住了似的，就那樣朝向貓的方向咻咻咻地被橫向吸引著一步步移過去（請參考插圖）。越聽越覺得技藝眞高超。那時候，我也深深感覺到我眞是養了一隻不得了的貓。如果貓身上含有女巫要素的話，我想妙子可能擁有幾分那種能力。

那麼這隻貓會不會讓人覺得不舒服？從來沒有過這種感覺。跟妙子在一起，她眞的是理想的貓。既漂亮、頭腦好、健康，又充滿許多謎。我們跟貓之間經常保持

這張圖是根據
春樹兄的草圖所畫㊌
不明的聲音
妙子
從窗裡
悄悄看著的
村上夫人
麻雀
被吸引
靠近

類似輕度的緊張關係，那也自有那相當舒服的地方。很少有貓能讓人有這種心情。在這層意義上妙子恐怕是幾百隻貓中才能遇到一隻的貴重的貓，而我認爲能遇見這樣的貓，在我的人生中可以算是最幸運的事情之一了。

音樂的效用

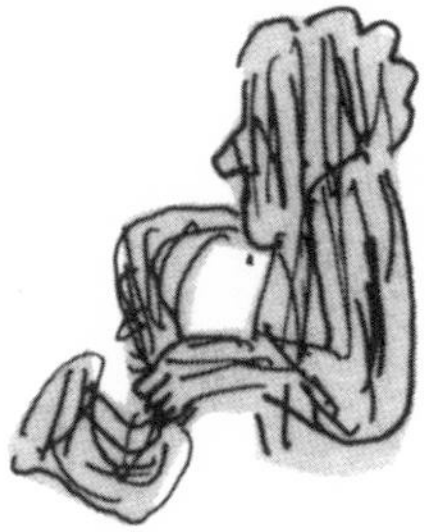

和我是獨生子也有關係，我從小就對一個人獨處幾乎不覺得痛苦。當然也會跟朋友出外遊玩，不過有空時，多半一個人讀讀書、聽聽音樂，或跟貓玩。

可能因爲讀了很多書的關係，現在才會像這樣以職業作家身分勉強糊口，音樂方面也和工作幾乎沒關係，純粹當興趣，很熱心地繼續聽。就像酒對安西水丸先生來說的那樣，對我來說，沒有音樂的人生眞是有點難以想像。

大約是二十年前的事了，我到澀谷的NHK音樂廳去聽鋼琴家李希特（Sviatoslav Richter）的演奏會。那是在我還沒當小說家以前的事。那一天我和我太太，都累得筋疲力盡，實在沒心情聽音樂。精神上也很困頓。詳細情形已經忘了，不過好像發生過什麼討厭的事。但因爲票價很貴不想浪費，因此我們拖著沉重的腳步出門去聽音樂會。最後演奏的是布拉姆斯的第二號鋼琴協奏曲。

一開頭有銅管樂器安靜的前奏，然後鋼琴才加進來。在聽著之間，不知怎麼感覺身上的疲勞忽然消失了。很清楚地知道「自己正在被療癒著」。黏在細胞的每個小角落的疲弊一一被掃乾淨那樣，去除了、消失了。我眞的以像在做夢般的心情聽著音樂。我從以前就喜歡布拉姆斯的第二號鋼琴協奏曲，聽過許多人的演奏，不過第一次如此被感動。

曲子演奏完後，幾乎說不出話來。這是多麼美好的體驗啊，我想。

不可思議的是——或許並不值得大驚小怪——我太太那天晚上的經驗也跟我完全一樣。我太太是連布拉姆斯的鋼琴協奏曲和小提琴協奏曲都不太能區別的人，不過她的疲弊也跟我的一樣，在四個樂章之間完全被療癒了。從音樂廳走出來時，春天的夜晚，溫暖而親密，世界和人生重新美好地展開在我們眼前。

後來我們又去聽了幾次李希特的音樂會。我想大概去了四次到五次。每次都是美好的演奏。不過不知道爲什麼「被療癒」的感覺，卻只有在最初的一次而已。差別在那裡？我也不知道。

這是在成爲小說家之前的事，不過那一夜我也因爲工作而疲憊不堪，睏得不得

Sonny Stitt
桑尼·史提特

了——哎呀，人生眞是充滿許多累人的事啊。不過因爲有從國外來的著名爵士音樂家的jam session（即興演奏）式即席演奏會在都內某個地方舉行，朋友送我票。所以還是去聽了。到了音樂廳在座位上一坐下來，我馬上就呼呼地睡著了。不久開始即興演奏的飆演，我還是睏得眼睛都睜不開。

然後在中音薩克斯風管開始吹奏時我忽然跳起來。心想「怎麼回事？這個？」一看舞台上桑尼·史提特（Sonny Stitt）正在獨奏。把我敲醒的是桑尼·史提特的獨奏啊。眞美妙的獨奏。我完全忘了睏倦，貪婪地聽著那獨奏。他獨奏完畢後，輪到班尼·高爾森（Benny Golson）開始獨奏。聽到這裡又開始非常睏，又呼呼睡著了。

那一夜很多人都獨奏過，但我只記得桑尼·史提特的獨奏。爲什麼嗎？因爲除了桑尼·史提特的獨奏時之外，我都在呼呼大睡。每次輪到桑尼·史提特演奏時，我自然就啪一下醒來，他演奏完畢，我又自然地呼呼大睡。而且演奏會完畢時，我的疲勞也消失了，身體已經痊癒。也不再睏倦了。我像重生了般生氣蓬勃起來。

「你睡得很過癮噢。」旁邊的朋友沒轍地說。

「太舒服了。」我說。

有時候音樂像眼睛看不見的箭般，筆直飛進我們心裡。並將身體的組成完全改變掉。那樣的時候，自己簡直像重新回到十七歲，心情變得像再一次激烈戀愛一般。那樣美好的體驗並不常有。事實上，幾年才能發生一次。不過爲了邂逅那樣的奇蹟，我們會去音樂廳或爵士俱樂部。就算多半失望地回來也不妨。

抽屜裡的煩惱狗

有時候我會被罵「都一大把年紀了，還每星期每星期都在隨筆上淨寫些無聊的事，不覺得羞恥嗎？就不能寫一點對世間有用的事嗎？」其實說得一點也沒錯，我也沒辦法還嘴。不過這個也想寫那個也想寫地一直寫下去之間，自然就全寫出些沒辦法的事來了啊，眞的。不知道爲什麼。因此，這一周也來寫寫斷然對世間沒有用處的事情。請覺悟地讀下去吧。

這是前一陣子的事，一家出版社爲了邀稿，特地幫我在東京都內某飯店（名字特地祕而不宣）訂了房間。我本來並不喜歡被關在飯店裡變成罐頭，不過因爲那時候照例正在準備搬家中，在家裡無法靜下來工作。

然而，放在那家旅館房間的桌子非常小不適合工作，因此我打電話拜託櫃台，能不能幫我找一張大一點的寫字桌。過了一會兒，兩個服務生不知從哪裡幫我搬來一張大辦公桌。心想「很好很好，這就行了」。暫時面對桌子工作了一陣子，但在告一段落想休息一下時，無意間忽然拉開抽屜一看，裡面竟然塞滿了雜誌。心想是什麼雜誌拿出來一翻，竟然是相當嚴重的黃色寫眞雜誌。「女子高中生如何如何」「唉呀，不行！這怎麼可以……啊……好厲害」之類的東西。總共竟然有二十冊之多。

我並不特別喜歡這方面的書，不會特地花錢去買，反正都像無聊又纏人的煩惱狗，但手頭如果有的話自然就會翻著看下去。「唉呀、唉呀、不得了。居然敢出這樣的寫眞。汪汪。嗚嚕嚕嚕嚕嚕」一邊這樣想著，倒也看了不少，結果那一天幾乎沒做成什麼工作。

我倒不以爲飯店會爲了破壞我的工作意願，而惡意地在書桌裡塞滿裸體雜誌，不過因此工作步調亂掉了卻是事實。或許人家也是一番好意，「工作如果累了，請看看這種東西，鬆一口氣如何？」像點心時間那樣也不一定，如果是這樣，那眞是帶來反效果了。這種東西塞在書桌的抽屜裡，認眞工作的情緒會完全消失。這不只是我而已，就算森鷗外、武者小路實篤、田山花袋、上田敏，一定也都一樣。我完全沒有意思要毀謗近代日本文學史，只是這樣想。

傍晚講談社的木下陽子小姐（假名）來看看情況，問起「怎麼樣，村上先生。

工作順利嗎？」「其實因爲這樣這樣，完全沒有進展。」我坦白供出。「開什麼玩笑？你在做什麼？眞是的。我們也是請你來工作，才特地花大錢訂飯店的。那種東西馬上丟掉吧。」這樣嚴厲斥責。這個人有時把我當笨猴子般對待。倒也無所謂。

不過話雖這麼說，這是別人家的所有物，總不能一聲不響就丟到什麼地方去，沒辦法只好把這些雜誌整堆抱到櫃台去（搭電梯都覺得好丟臉），說「不好意思，借來的書桌抽屜裡塞有這樣的雜誌，老實說沒辦法工作，所以很抱歉，請你們想辦法處理好嗎？」櫃台的人突然收到這些東西，我想大概很驚訝吧，不過竟然能面不改色地說「好的。讓我們來保管。」就把堆積如山的雜誌收下了。

到底爲什麼搬來的書桌裡會塞滿超級黃色書刊的，這個謎到現在還沒有解明。所謂飯店這種地方似乎是個帶有很多謎的地方。在一本正經的漂亮外觀的另一面，到底在進行著什麼，似乎有外行人的眼裡看不出所以然的地方。

我提到這件事時，水丸兄就說「啊，其實上次我也在書桌的抽屜裡看到放有《*SM Sniper*》（性變態的雜誌）。」水丸兄想帶到事務所去，就暫時放在自家公寓樓下的辦公桌裡，結果一看，裡面已經放有別的那種雜誌了。可能是別人經過的時候隨手放進去的。「眞傷腦筋，這樣子。有那東西，沒辦法工作啊。有的話還是會

WA WA WA WA !
出版社
打電話來
鈴鈴鈴
我沒話說㊌

去看的。」就是這麼回事。啊幸虧。不是只有我這樣，水丸兄也同樣是煩惱之犬嘛……就算這樣想，心還是絲毫沒有得到安慰，因爲這個人的品德的關係。

文科系和理科系

世上的人多半可以區分爲文科系的人和理科系的人，不過我本來就壓倒性地不擅長數學、物理、化學，像畫出來似地明顯屬於文科系的人。因此在選擇人生的前途時，絲毫沒有懷疑。就算想當，怎麼拚命也當不上外科醫生或物理學家。再說也當不上法律家和經濟學者。所以心想「只能往文學院走了」，二話不說就上了大學的文學院。換句話說幾乎沒有選擇餘地。

我父母親兩人都是專攻國文（日本文學）的人，本來家庭環境就屬於「文科系」。家裡有很多有關文學的書，讀書這件事被獎勵爲一件身邊容易親近的正確習慣。至於分解手錶、思考電線的配線，則認爲有點像遙遠的世界所發生的別人的事。因此我才會很自然地往文科系方面走。這到底是因爲遺傳因子這先天因素所決定的事項，還是家庭環境所造成的後天事項，我也不太清楚。我覺得大概是三分遺傳、七分環境吧。

然而結婚之後，我太太更變本加厲是個極端的文科系的人，因此在家裡有關日常的「理科系事項」就不問青紅皀白地落到我頭上來了。什麼機器故障，都變成是我該解決的事。如果無法解決，就會被罵「這也算男人嗎？」

上次我讀美國的小說，有一個丈夫抱怨道「我只是碰巧多生了一套男人用的生殖器而已，爲什麼就非要被認爲我會修理汽車變速器不可呢？」完全有同感。深深感覺所謂世界眞是到處都一樣啊。

不過我到目前爲止，對這種不講理的事情也忍耐很多了。

說到汽車的機油，我也學到了是必須經常檢查、不時換新的東西。我捧著像拷問般厚厚的解說書來拼命讀，早上起床時麵包已經好好烤好了那樣，也學會烤麵包機的設定方法。現在可以使用光纖電纜，一面從CD把音樂錄進迷你磁碟（光碟），同時用雷射光碟看費里尼的電影《卡比莉亞之夜》。數位手錶一面當成鬧鐘和碼錶使用，同時也用來計算四百公尺跑道的圈數。也會使用按鈕，查詢美國銀行的存款餘額。比起從前，想起來我已經進步很多了。不是我自豪，我覺得自己眞的很努力做得很好了。很想讚美和慰勞自己呢。

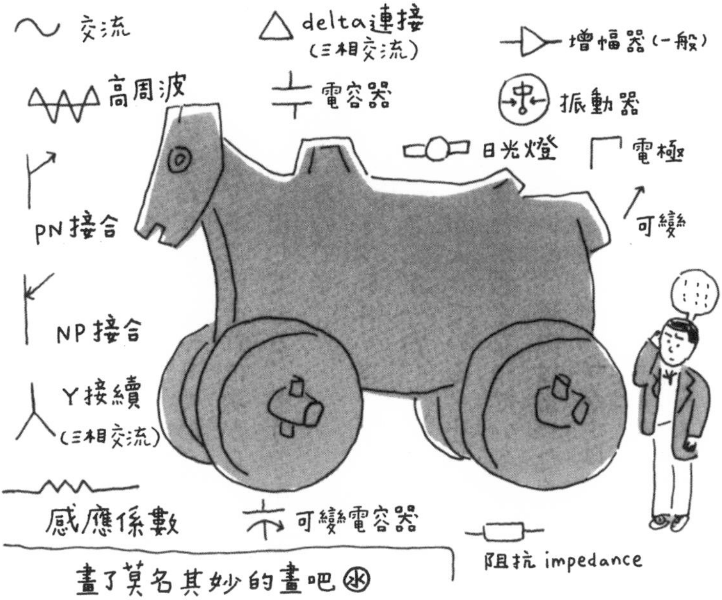
交流
delta連接
(三相交流)
增幅器(一般)
高周波
電容器
振動器
日光燈
電極
PN接合
可變
NP接合
Y接續
(三相交流)
感應係數
可變電容器
阻抗 impedance
畫了莫名其妙的畫吧㊌

不過世界是無限殘酷的裝置。而且一而再、再而三地不斷推陳出新，又出來這個，又出來那個的，新的障礙又在我眼前出現。是啊，我現在說的是，那渾蛋電腦的事。

我家現在總共有四台麥金塔電腦。我擁有桌上型和筆記型各一台。太太有一台、助理有一台。分別擁有稍微不同的軟體。而且不用說，四台之中一定有哪一台故障，例如現在是印表機像失去意識的泡菜鎮石般死掉了。原因完全不明。

我面對書桌集中精神，正在寫著小說「奈美子這時正伸出舌頭爲捲毛狗舔著肚臍。結果狗突然站起來，脫下杉綾織帽一丟……」，有人敲門，叫我「嘿，幫我看看這個好嗎？不知道出了什麼毛病。」我每次都想投降。

眞想到世界某個盡頭，應該存在的文科系國度、文科系城市或鄉村去，我想在那裡就算擁有一套男性用生殖器，還是照樣可以過著安靜生活的。那是我的小小的夢。

（作者註）

話雖這麼說，村上朝日堂今後將會開設網站，一一電腦化下去。雖然不太明白原理，卻會用得很多，這是上網的好處，也很可怕吧。

不過我認爲，今後的世界將分類爲①自由驅使別人設計的軟體工作和遊戲的人和②勤快設計這種程式的人，這兩種人吧？這是相當暗淡的近未來形象。

傳說的心臟　村上以前曾經被泰國人說「你是泰國人吧？隱瞞起來也知道喔。」並沒有隱瞞啊，眞的。

不妨有更具人情味的辭典吧

在伍迪・艾倫的電影《安妮・霍爾》中，主角艾維・辛格（Alvy Singer）這樣說：

「我啊，老實說擁有非常消極的人生觀。換句話說，人生是斷然區別爲可怕的（horrible）和悲慘的（miserable）兩種類型的。可怕的該怎麼說才好呢，是屬於致命的情況。例如〈盲*〉，或〈跛*〉之類的……。而，嗯，至於悲慘的則是除此之外的一切。所以呀，要在人生中活下去，我們反倒要感謝悲慘的事情才行。」（對不起。*是避免歧視含意的隱語記號）。

這樣重新試著翻譯時，有內容稍微不妥當的發言，也含有若干危險的用語，傷腦筋，開始擔心引用這些有沒有問題。不過這發言非常明白地顯示伍迪・艾倫這位電影作家的特質。我想不需要我特別說明，吾迪艾倫在這裡並沒有歧視身體殘障者，也沒有把他們當傻瓜。反倒和他們在根本層次上擁有同感，我是如此想的。

不過這如果不僞惡（裝壞）地反轉一次的話，對他來說正確的心情並不能以正確的形式顯示出來。是個挺麻煩的人。美國人——或該說是紐約人——大概都能知道這方面的微妙之處，因此會想「嗯，因爲他是伍迪·艾倫嘛」，而不會一一去囉嗦。不過在日本，這種台詞在電影上出現時，與其內容反而是眼前的用語更令人在意，而可能稍微成問題。

那個歸那個，我第一次遇到這台詞時，心想「原來如此，在 horrible 和 miserable 的用語間，有這種眞實感的差別啊」，眞佩服。像這樣活生生的而且是心情上的 definition（定義），在辭典上的說明和例句很難傳達出來。在電影上寫字幕的人一定很辛苦吧。

這部電影中還有各種奇怪的台詞。我另外也喜歡的一句是「我那時候很混亂，還從頭上脫褲子呢。」

然而世上的英語辭典數目雖然多如繁星，卻很遺憾遇不到覺得這本辭典例句特別有意思、生動而易懂的辭典。說得明白一點，大多都是類似的例句。可以說根據的來源相同吧。

某種程度解除了我平日對這種既成辭典的挫折感的，是傑出的英美文學翻譯家飛田茂雄先生的辛勞大作《探險英和辭典》（草思社）。老實說我把這本放在廁所，每天讀一點，長期下來確實把辭典讀破了。雖然對飛田先生過意不去，不過以那種方法讀，眞的是能有效記住的書。有志從事翻譯的人，或有興趣讀英語的人，務必請在廁所（以美國的說法稱爲浴室「bathroom」感覺比較好）放一本當常備書。在通學或通勤的路上每次讀一點也不錯。當然完全沒有理由說不可以放在書房讀。

這本書相當具有飛田先生的特色，出現很多從同時代英美文學中引用的生動例句。「對！對！就是要這樣才行。」我拍膝叫好！本書的趣味，不像一般辭典那樣「爲了說明語句，而從什麼地方隨便找來例句。」而是相反地，以一段實際文章爲出發點，把裡面的語句實戰性地說明下去，這種創新的想法很新鮮。我常常想有這種辭典應該很好。

本來這本書就是把「一面做翻譯時發現，辭典的說明這麼不恰當，竟然沒寫出這種事」的實例累積起來所成立的書（老實說我也有一段時期建立自己的檔案，後來嫌麻煩便半途而廢。這就是能成專家和不能的差別了）。讀著之間，對既成的英和辭典過去所感到的些微不滿一一浮現出來，原來如此，深有同感。

我其實
是一個擁有
負面人生觀
的人
黛安・基頓
伍迪・艾倫

本書現在這個階段，基本上還停留在飛田氏私家製的檔案中，往後如果能一一增補，朝向更大規模的一般辭典機能邁進的話，我想一定更有趣。世界很大，所以書店如果能擺出一本由傑出小說的讀者所創作的有人性味的英和辭典應該也很棒。

傳說的心臟　如果向上看著邊走路時邊吃壽司的話，蒟蒻絲會掉出來喲。不過是完全沒有意義的連想罷了。

大白天的黑暗迴轉壽司

因爲不太有機會，所以一年只有幾次實際走進那種店，所謂迴轉壽司，我個人並不討厭。反而應該說相當喜歡。首先我喜歡跟誰都不用開口就可以吃這一點。我本來就不是個饒舌的人，用餐時這種傾性特別強。其次，也喜歡不必一一等候菜單拿出來，餐點端上來。只要默默在櫃台的座位一坐下來，眼前已經有裝著做好壽司的碟子轉過來。可以隨心所欲地取來吃。沒有麻煩的規則，也沒有罰則。

很久以前，我在御茶水的「山之上飯店」工作時，因爲忙耽誤了午餐時間。感覺肚子好餓時，已經是下午兩點半了。想吃點什麼走上街一看，幾乎所有的餐廳都關門了。我在附近信步走著，看到一家迴轉壽司店就走了進去。

「歡迎光臨」有人出聲招呼，什麼也沒想就坐下來，但周圍的情景卻和平常不同。有什麼決•

定性的改變。就是「轉著的履帶上竟然一盤壽司也沒有」，我花了幾秒鐘才發現。只有空空的履帶默默地在眼前流動而已。店內沒有其他客人。只有一個年輕師傅，孤伶伶而無聊地站在櫃臺裡而已。

「請問，沒在做嗎？」我試著問。雖然不希望活得跟社會一般人都一樣，不過還是會想像大多的健康市民，如果處於相同遭遇時，可能會這樣問吧。

「不，有做啊。」師傅說。「請告訴我您想吃什麼。我就幫您做了轉過去。」大概因為這個時間客人少，事先做好了放著旋轉食物會變不新鮮，所以等叫了才做好轉過來的樣子。嗯，也有道理。

「鰤魚和烏賊。」我大聲說，師傅便「嗨」一聲，在遙遠的那邊俐落地握著鰤魚和烏賊，放在小碟子上，把碟子放在履帶上。兩片塑膠碟子於是像機場領行李的皮箱那樣繞一個大圈圈，朝我這邊喀答喀答地來了。到手邊大約花了二十秒左右。心裡邊想「快來了」邊等著，碟子來到眼前時趕快拿起來，沾了放在前面的醬油，默默吃起來。

吃完喝一口茶，這次我點了「鮪魚和沙丁魚」。過一會兒，鮪魚和沙丁魚也以同樣的要領轉過來。

老實說壽司一點也不美味。不是說壽司本身很難吃，而是那樣吃迴轉壽司，一

好的
喔
大概是這樣吧

點也不覺得好吃的意思。非常緊張，沒心情去品嘗味道。

首先第一點，無人的（應該說沒有壽司的）履帶在眼前不斷流轉著相當有壓迫感。「好了，接下來要點什麼？」好像被逼迫著似的。那跟各種壽司像在說「嗨你好。請隨便用啊。我們也隨便上」似的，事先就並排著水平的、無名的、多彩的存在那裡，所以才讓你感覺輕鬆，但像這樣光是只有履帶卻沒有碟子在視覺上就相當難過了。思起來路想到去方，不禁想多了，會無意義地忽然落入沉思。

然後等碟子繞到前面來時，那要在眼前很快地拿起來的動作，做起來還出乎意料之外的緊張。當然速度並不太快，心想應該不會被逃掉才對的，然而世間會發生什麼還不知道。一不小心失敗了，要再遇到一次我想大概要等一分鐘吧，光想到這裡冷汗就搭啦啦流下來……。這樣說有點過分，不過還是令人怦然心跳。

對壽司店的師傅來說，一定暗中瞧不起「哼，眞是個愚蠢的客人。連一個小碟子都拿不好？」只不過是來用個午餐而走進迴轉壽司店的，我可不願意被這樣糟糕地對待。

這樣那樣之間，我只吃了鰤魚和烏賊、鮪魚和沙丁魚，就立刻走出那家店了。覺得對消化非常不好似的。我內臟雖然算是好的，但那一天到傍晚還覺得胃有點怪怪的。回到飯店房間面對書桌，一想到「那裡現在，黑色的履帶上還什麼也沒放，只喃喃說著『接下來？接下來要什麼？』一邊繼續旋轉」，光想到這裡就緊張得無法好好工作了。

「世界眞是有各種陷阱，那些，都在意想不到的地方悄悄等著我們。」我想。每天平安無事地靜心活著，說起來也沒那麼簡單。

傳說的心臟　「順心女子學園的學生請務必穿越人行天橋（高三學生除外）」我在廣尾車站前看到這樣的告示牌，眞難了解喔，這個。

看著下面走

我住在波士頓的時候，《波士頓環球報》（*Boston Globe*）的星期天版做了一個日本特集。那報頭用了大幅日本上班族的通勤風景照片。幾百個上班族和上班女郎，只是默默地，朝東京車站的樓梯走下去。大家都穿著黑黑的大衣，垂頭喪氣地看著下面。

我看到這個首先感到的是「這些人看起來怎麼這麼不幸，這麼憂鬱？」好像每個人都邊想著「啊，眞討厭。不想工作」邊走路似的。給我類似這種印象。我想看了這張照片的美國讀者，可能也和我有同感。

不過鎭定下來，好好想過之後，下樓梯時，人大多是看著腳下的。不是嗎？而且看著下面的話，確實像是垂頭喪氣的樣子。何況是嚴寒的冬天，大家都縮著脖子。而且日本人除了禿頭的人之外，頭髮大多是黑色的（在丸之內通勤的上班族裡，現在還很少人是茶色頭髮的），那樣的風景的印象，無論如何都會是黑壓壓的，變得很黑暗。應該不是大家都抱著那樣陰鬱的心情，朝下面看著去上班的。

那麼，以報導攝影的照片來說豈不是有點不公平？當時我想。那張相片以相片本身來說沒有錯，沒有任何問題，但結果那卻會誘導出某一種結論來。

事實上那篇報導，是強調日本的道義性市民社會的現況，算是善意的那類報導（《波士頓環球報》可能因爲有駐日本的特派員，因此能正確掌握遠東的情報，表現得相當友好），但整體印象卻給了讀者「在日本這個地方，大家都臉色陰暗地工作著，像螞蟻窩般的社會」這樣的負面印象。

所謂大眾傳播眞是可怕的東西，當時我確實這樣感覺。光是照片的選法這一件事，就能把報導的方向完全改觀。

看著下面走路，確實會給人有點陰暗的印象。

我以前可以說有一點駝背，常常有人提醒我走路要挺直背，但開始每天跑步和游泳之後，背脊挺得比以前直了。挺直背走路以後才知道，背挺直起來好舒服啊。可以看得更遠，也可以吸進更多空氣。雖然有時會絆一跤……。

不過我倒有過一次幸虧看著下面走，而脫離苦境的經驗。要說不可思議，也眞不可思議。

婚後剛開始創業時，我貸了款辛辛苦苦地抱著債務。有一次，第二天下午三點爲止，就必須償還銀行一筆定額的錢，卻陷入無論如何還少三萬圓的困境。三萬圓說起來，對當時的我是非常大的金額。也想不到可以從什麼地方借到那不足額。可以借的地方，早已經借了很多錢了。

因此一邊煩惱著「傷腦筋，到底該怎麼辦？」一邊和太太兩個人，頭低低地走在夜路上。想看看有沒有什麼好主意，正漫無目的地走著，然而怎麼想都沒辦法。就像只是把空空的袋子，倒過來抖一抖而已。於是對自己說「沒辦法。回去睡覺吧。到明天或許可以想到什麼好辦法。」決定回家了。沒有風，靜悄悄的夜晚。

結果，在回家的路上看見有幾張紙零零散散地掉落地上。走近一看那居然是一萬圓鈔票。而且正好是三張。感覺像是剛剛才從天上輕飄飄地飄下來似的。回頭看看四周，沒有任何人。沒有人走動的深夜。我們不相信自己的眼睛。金額剛剛好。世界上會有這麼好的事情嗎？不過眞的有，所以沒辦法。要是榮格的話，大概會把這個稱爲「同時性」（Synchronicity），不過當時還不知道有這麼漂亮的用語。

撿到那三萬圓時，夫妻倆握著手哭了起來……這樣說太誇張了，不過老實說眞的非常開心。我們沒有把那錢送去派出所，而用來還貸款。在很危險的時候勉強趕

這隻狗不是「開花爺爺汪汪」*的那隻㊌

上了。

對那位掉了錢的人實在過意不去。不過不是說藉口，那時候實在沒辦法。我借這個地方深深致歉。對不起。從此以後撿到的東西都一定交到派出所去。

＊出自日本童話「開花爺爺」。小狗在田裡刨挖並且汪汪叫，呼喚善良的老夫妻前來查看，而發現到金幣。

日本什麼都貴啊

上次忽然心血來潮「對了，今天有空所以稍微奢侈一下，到熱海去吃中飯吧」，從東京開車到熱海去。結果光是高速公路的通行費，單程就花掉三千零五十圓。感覺好像很頻繁地被收費站擋下來繳費似的。順便提一下我去年夏天，從波士頓到加州的長堤，花了兩星期開車橫貫美洲大陸，想想當時的道路通行費花了多少錢？我找出來舊旅行紀錄查了一下，總共才十四美元六十五分。換算成日本圓是一千五百圓左右。

不過國情不同嘛。地價差別很大，而且像日本這樣狹小的國家，爲了不讓汽車充斥，收費道路的通行費設定得多少高一點，我想某種程度也是沒辦法的事吧。不過東京、熱海之間的通行費，比波士頓到加州間的通行費還貴二倍以上，這怎麼說都太過分了吧。

其次關於價錢有些地方無法釋然的，還有罐

裝刮鬍膏。例如上次我在日本的藥局買了一百五十公克的刮鬍膏四百八十圓。可是在美國的超級市場三百十二公克的，只要一美元四十九分。敲一下計算機計算看看，一公克的價格差大約六倍之多。這要說太過分也太過分了吧。

所以每次去美國，我都會到Wal Mart（沃爾瑪）超級市場去一邊想著「爲什麼非要這樣做不可」，一邊買幾罐刮鬍膏。刮鬍膏這東西以金額來說確實微不足道，不過我覺得這種定價還是很不公平。

其次關於音樂的CD也一樣，日本還是很貴。我喜歡大西順子的爵士鋼琴，常常買她的CD來聽。以世界的眼光來看都是第一流的音樂家，那精準的驅動感和選曲品味之優經常令我感到佩服。（不覺得有點像歐爾．漢斯（Earl Hines）的地方嗎？）在美國的唱片行也常常看到。但同樣是日本製的CD在日本買要二千八百圓，在美國的量販店買只要十美元多一點。當然總不能經常跑到美國去買，所以也會適度在日本買，但這我也覺得很奇怪。關於CD日本最近也重新檢討再販制（再販賣價格維持制度，即依定價賣，不任意打折傾銷的制度），在發售經過一段時期之後，好像可以降價，雖然如此實際上的價格差距還是很大。

貴或便宜的問題，牽涉到再販制就有點麻煩了。老實說，我去年夏天回到日本

很貴吧，確實很貴(JK)

以來，出版業者有幾個人對我說「村上先生，關於再販制的問題，你最好不要多說什麼。」很婉轉地給我釘了軟釘子。換句話說現在這件事是很棘手的話題。這個業界無論出版或販賣都在「再販制是善的、正義的」這統一見解下牢牢團結一致。如果亂插嘴的話，搞不好會被群起圍攻，甚至有這種氣氛。

不過我小聲老實說，這是需要把頭髮搖亂、歇斯底里地去爭的問題嗎？我實在有點不解。例如在沒有再販制的美國書店打折賣的書大多是大量販賣的暢銷書，或已經絕版的舊精裝書，除此之外正常的書（也就是良心的書）大多鎮定地依照價格＝定價賣。至少在都市部分的書店，書相當齊全。

服務也不錯。你想找什麼書，他們從電腦上一下就檢索出來，如果沒有庫存，可以幫你向出版社訂。細微的數字我不清楚，不過如果讓我表達外行人的意見的話，能這樣利用電腦很機動地操作資訊和流通網路的話，某種程度應該可以降低成本，世間應該還是有「良心出版物」能存活的足夠餘地。我不是以一個作家的身分，而是以一個喜歡書的市民身分，這樣想的。

如果廢止再販制的話，立刻就有良心性出版會毀滅的說法，我覺得這和有一段時期所謂「米一粒都不可以進口」的說法一樣，感情上極端的議論基本上有相通的地方。我不是說再販制好或壞。這是大家必須開誠布公愼重討論，整理出正當結論才好的事情。我想說的只是，一邊高唱著「保護文化」的論調，一邊身爲利益當事者的媒體，隨心所欲任意散布訊息的現況，實在不太能稱爲公平吧，只有這一點而已。所以請別太欺負人啊。

成熟社會中的一切問題，不是「全部或零」（all or nothing），應該是有聰明的妥協點之類的才對。這就是文化。從橫排齊一的制度，只會出現千篇一律的文化。

梅竹下跑者俱樂部通訊③

我想畢竟還是很閒吧

每次遇見人，經常被問到「怎麼樣，很忙嗎？」代替打招呼，不過不知道怎麼回答才好，眞傷腦筋。

老實說，我從很久以前開始，原則上就不接有截稿期限的邀稿了。所以日常生活中完全沒有「啊好忙。那個不做不行，這個不做不行」的感覺。當然從這「村上朝日堂」開始，幾個連載（以數目來說算是極少的）是有截稿期限的，不過我的情況，經常會有備無患地事先寫好一個月的分量放著，所以不會因爲截稿期限迫在眉睫，爲了「不得不寫點什麼」而慌了手腳。

但是，那麼每天都很閒嗎？倒也沒有。手頭上也有幾件類似「這是希望明年春天以前能解決」的稿件。換句話說，以正確表現，應該是「以長期來看絕對不閒，但眼前暫時並不忙」。不過這種事要一一對別人說明也麻煩，因此依當時的情況或答「不，很閒哪」或說「最近有點忙」，適度地應付過去。

不過不管怎麼說，我想畢竟還是很閒吧——上次才參加了北海道所舉行的「薩羅馬湖一〇〇公里超級馬拉松」，一邊跑著，一邊深深這樣想。人要不是很閒，實在沒辦法做這種事。

說到一〇〇公里，實際用兩隻腳跑看看，可不是簡單的距離。以直線測量的話等於從東京都心到水戶（茨城縣，關東地區東北部），或沼津（中部地方，靜岡縣東部）那麼遠。以每公里六分鐘的慢跑速度跑，也要整整十小時，中間如果不加上適度的用餐和休息，身體實在吃不消，因此，結果就花掉了將近半天時間。以我的情況總共跑了十一小時四十二分。半夜兩點起床準備各種東西，清晨五點開始跑，到達終點是傍晚的五點前。跑步這件事我當然是喜歡的，不過跑到過了正中央一帶之後，自己都覺得「我到底在幹什麼？」好愚蠢。不禁想無語問蒼天了。不用說，自己都這樣想了，別人看來，一定是更加更加愚蠢了。可能連沿路的牛都在咯咯偷笑吧。

不只是當天的事而已。我爲了跑這一〇〇公里賽程，從那三個月前就相當勤快地練習了。每天不厭其煩地跑步，到游泳池游泳，每星期騰出一天跑將近三〇公里。光是投入這些的時間，就相當可觀了。我太太上次還數落我「爲什麼我們家最近都沒有所謂的夫妻會話這件事了？」我試著想想「爲什麼？」毫無疑問是因爲這賽跑對策的練習的關係。很忙，沒空做那件事了。

當然，這只是我隨便想像的，參加這比賽的其他各位的家庭生活，可能大概也跟我相同，不得清閒吧。因爲，如果有在認眞做預備練習的話，夫婦實在沒有時間對話啊。眞的沒有那樣的餘裕。不是嗎？

爲什麼要犧牲家庭生活，長期不通世間情理，忍耐不合理的痛苦，也非要參加一〇〇公里的賽跑不可呢？如果被問到時（被很多人問過），老實說我也窮於回答。應該說，實在一言難盡，無法說明。不過如果要勉強化爲單純的語言，我推測可能可以「好奇心」一語道盡。跑一〇〇公里到底是怎麼一回事？自己也能辦到嗎？——我可能想知道這個。因此而搭了飛機到網走（北海道）去，繳了參加費二萬圓左右，跑了一〇〇公里，搞得累趴趴的回來。

寫這篇稿子是在參加過這比賽兩天後的星期二，腳雖然不太痛（幸虧一邊跑一邊頻頻做伸展運動的關係），但手腕紅紅的腫得很大。我的手擺動的動作比較大，因此手腕一帶有點腱鞘炎。跑全程馬拉松對我來說不算什麼，但超級馬拉松的距離，手腕肌力不足就顯露出來了。幸虧沒有長繭。右腳無名指的指甲剝落。這樣，

不是淚水是汗水
96'薩羅馬湖100公里超級馬拉松
96
辛苦了啊

實在不能稱爲正常的行爲。

不過在到達常呂町的終點時，自己說也不太好意思，眞的很感動。那不只是一〇〇公里這距離在規定的時間內完成，有「幹得好！」的喜悅而已，還有更多東西。一整個半天不停地跑著，眞的會遇到很多事情。想到「自己眞的能夠這樣確實地克服各種狀況，跋涉到達這裡啊」，胸口就有點熱起來。

沿途許多鄉親的溫暖聲援也是其中之一。謝謝大家。

掉毛問題

這是十多年前的事了，我爲了寫一本採訪工廠的書，和水丸兄一起到一家著名的假髮工廠參觀過。首先在一個單獨的房間見到一位負責廣告的歐吉桑，先聽他對「所謂假髮是什麼樣的東西？人會禿頭是怎麼回事？」各種初步問題，做學術性的簡報。

大概的說明結束後，那位歐吉桑衝著我這樣說：「嘿，村上先生，你現在穿著黃色毛衣，老實告訴您，禿頭的人是不太穿這種東西的。您想過這種事嗎？」

沒有，我回答。從來沒想過這種事情。

「穿這種東西，人家會在背後說『哎喲，禿頭還穿什麼招眼的黃色毛衣』。不，就算實際上人家沒說，也會覺得人家好像在說，於是不太敢穿了。請站在那樣的立場想一想。」歐吉桑說。

被這麼一說，簡直像穿著鞋子踏進人家的屋

裡那樣。自己覺得很羞恥。

後來好好的試想一下，我所認識的禿頭——不，正確稱呼應該是頭髮稀薄——的人，好像都穿川久保玲設計的Comme des Garçons、開Porsche（保時捷）車、帶年輕女朋友，過著相當豪華的生活，充分享受著人生（想起來比我的生活要豪華多了）。那跟頭髮的量沒關係，每個人都各有不同吧，現在想起來。不能輕易地把大家都一般化。

我自己現在並沒有禿頭，不過以前有過兩次暫時頭髮變薄的情況。第一次是在三十幾歲初期，第二次是在四十幾歲初期。這兩次都確實認眞感覺到「嗯，這有點傷腦筋」。因爲走進浴室開始洗頭時，眼看著頭髮掉得很多。洗完頭後照鏡子，跟平常不一樣，頭上的頭皮都清楚地看得透。這樣一來，周圍的人也開始說「嘿，你最近頭髮是不是有點變薄了」。我自己也想到「說不定以後頭髮就這樣一直變薄下去」。漸漸不安起來。

不過這一時性毛髮變薄的原因很明白。說穿了不外就是——精神性的壓力。第一次是剛當上職業作家不久，當上小說家固然高興，但隨著變換職業也帶來各種附屬的煩惱。人際關係也不太順利。因此精神上感到疲勞困頓，頭髮似乎也因此變薄

村上先生
其實
我也是
假髮
鏡子
為我們說明的人
的這句話，
嚇我一跳

了。過一陣子之後狀況安定下來，我的頭髮量又復元了。

第二次確實是在《挪威的森林》紅綠兩本暢銷所帶來紛紛擾擾的時候。當然自己的書被很多人拿在手上閱讀自己也非常高興，對這點當然沒話可說。但遺憾的是，隨之而來的——或許不是直接隨之而來應該說是被誘發的——身邊發生了幾件討厭的事、辛苦的事。我受到影響，花了很長時間後遺症才從身體和頭脫離。有一年的時間，幾乎沒辦法寫東西。那時候頭髮也同樣紛紛掉落。

我也想或許三十歲、四十歲這整數年齡的轉折點，無論有沒有事，精神上都相當敏感也不一定。年紀漸漸增加，人漸漸老，這可不是簡單輕鬆的事。不過，每次總會緊緊抓住懸崖邊緣化險爲夷，我的頭髮現在總算還好好地留在頭上。不知道第三次什麼時候會來，會來或不會來，我都無從知道。

人生充滿了無從預測的陷阱裝置——透過兩次薄髮經驗深深體會到的，就是這麼回事。而那基本上的目標，似乎是總體上的平衡，我想。簡單說也就是「人生，如果有一件好事，接著一定就會有一件不好的事跟在後面」。

例如工作上如果有什麼好事，相對的人際關係便會有一個激烈的崩潰。如果產生一個愛的話，相對的也會生出一個恨來。vice versa（反過來也對）。人生的過程中毛髮的偶爾增減，或許是爲了告訴我那樣的裝置有多痛切的一種隱喻（metaphor）吧。

因此，我每次面對鏡子梳頭時，就會想到要稍微放鬆肩膀的力氣，活得輕鬆一點才行。嗯，掉太多頭髮會像傻瓜一樣喔。

進化的辭典

又要談論辭典了。

上次有一位美國人很認眞地問「日本爲什麼會有名叫drafty（隙風）的大樓呢？」我掛在心上回家後查了字典看看。一般性辭典普通我愛用的是：

(1)研究社的《讀者的英日辭典》（*Reader's* 英和）

(2)小學館的《藍燈書屋英日辭典》（*Random House* 英和）第二版

(3)*Longman Dictionary of Contemporary English*（《朗文當代英英辭典》）

這三本辭典中，刊載出drafty「美國口語，生啤酒」這意思的只有(2)《藍燈書屋》版而已。不過連美國大學教授都不知道的單字意思都刊載出來，所以《藍燈書屋》版還是很偉大。

順便一提，最近剛發行的書中最有益的名著之一——價格一本五十五美元，但半年來已經確實回本了——《藍燈書屋美國俚語歷史辭典》（*Random House Historical Dictionary of American Slang*）的drafty項中，除了有「生啤酒」的意思之外，還有「對黑人不友善」的意思。這用語主要好像是黑人在使用的。

我在這十一年之間，眞的經常使用研究社的《讀者的英日辭典》。總共算起來買了四冊。四冊喔。在過去的人生裡我試過各種辭典，不過旅行也能帶的攜帶式（potable）辭典，沒見過其他這麼耐用的。對於像我這種由於各種原因不得不在外國到處移動的人來說，這眞是像寶物般的存在。不過畢竟經過十一年了，威脅這王座地位的勁敵也陸續出現。不過以相對重量來衡量所載資訊量和友好程度，《讀者的英日辭典》依然遙遙領先，我仍然最頻繁使用。

然而去年出版的《藍燈書屋英日辭典》第二版，在各種意義上和原來分二冊不方便使用的第一版完全不同，是編得非常美好的辭典。雖然要帶到各地太重了，但能成爲一冊日常好用，尤其是內容量又豐富，很多地方都一一讓我感到佩服。

例如＃和＊標誌的稱呼——關於這點在本雜誌專欄「步行商品學」中綱島理友①也曾追究過，老實說我也有過傷腦筋的經驗。

以前，有一段時期我在美國和日本之間來回跑著過日子時，經常用按鈕式電話操作美國的銀行帳號。人在東京只要「劈哩啪啦」按鍵就可以檢查美國當地支票的收支情況，可以立即把錢匯到帳戶，因此只要一旦記住操作方法後，就非常方便。但剛開始很辛苦。自動錄音顯示「按過指定金額後，請按pound鍵」，但不知道那是指#鍵。按了幾次錯誤鍵之後，冷汗直流。

試著查查字典（立刻查字典是我少數優點之一），有記載#稱爲pound sign的，只有(2)《藍燈書屋英日辭典》而已。《讀者的英日辭典》的pound項中只出現£（英磅）的標誌。這不只是出於厚度＝資訊量的差而已。pound sign在第一版還沒找到，可以知道隨著改訂，第二版在變小的同時，細部也重新修改過，確實有進步。順便提到＊星號（asterisk）的別名叫star key，你已經知道了嗎？這在雙方的辭典都確實有出現。

我因爲在做著翻譯，因此每天相當頻繁地使用英日辭典，對於花了很多心血編纂的辭典和不見得那樣做的辭典的差別，只要啪啦啪啦翻著之間自然就拿捏得一清二楚了。不太有像辭典這樣容易歷歷浮雕出製作者的意識、苦心（換句話說所花時間和金錢）的商品吧。在這層意義上當《讀者的英日辭典》出來的時候我很感動，去年夏天，回到日本在書店發現新版的《藍燈書屋英日辭典》時，也非常高興。因

不是水井的井和稻米的米嗎
傷腦筋
井(pound鍵)*(asterisk又名星鍵)
先生

爲太高興了竟然同樣的東西買了兩冊。不過，在書店買了沉甸甸的嶄新辭典走在回家的路上，心情實在很好喔。

小庫爾特・馮內果在《歡迎到猴子籠來》（早川書房）中，關於辭典寫了非常愉快的文章。我想這篇本來是以報紙書評所寫的東西，不過以讀物來說也趣味無窮，結果成爲短篇集中的作品之一。說起來書評能寫得多愉快，我想這是一篇很好的範本。有興趣的人不妨讀一次看看。

傳說的心臟　村上所擁有的《讀者的英日辭典》（*reader's*），頁次索引中居然有condom（保險套）和penis envy（陰莖妒忌）這東西，這相當令人掛心。

①綱島理友（1954-），編輯、（棒球）專欄作家、散文家。

萬寶路牛仔（Marlboro Man）的孤獨

表參道和青山道的十字路口——在這裡環視周圍一圈時，經常可以看到大約有五個左右的人邊拿著手機講話邊等紅綠燈，好像是東京的「百慕達魔之海域」般的地方——有一塊巨大的萬寶路Marlboro香菸廣告看板。我的工作室就在附近，因此每次散步時抬頭就會看見這看板。

現在照明已經改成內藏式，變成夜晚也明亮而漂亮的看板了，從前是更簡單的板子，因此天黑後必須一一從下面打光照射。換成新式看板我記得應該是一年或兩年前吧。老實說，我那時候非常失望。因爲，以前那樸素的木板萬寶路牛仔Marlboro Man看板，我喜歡得不得了。

Marlboro Man是萬寶路香菸廣告所用的演員，您知道就是那個戴著帽子的牛仔。肩上披著馬鞍，嘴上叼著香菸。叼的香菸不是Winston香菸也不是Camel香菸，當然是Marlboro香菸。就不用說了。

看板從表面看的話（正如文字一樣從表參道這面看的話），看起來確實是萬寶路的牛仔看板。不過從後面看的話，看起來只不過像奇怪的木板牆。因爲，這看板需要支撐，所以後面，不能像前面那樣貼照片。也不必掩飾了，這就是看板之所以漂亮的地方。

從根津美術館穿過青山墓地，也就是從青山橋一帶，看這面Marlboro Man看板背面的形狀，看起來相當漂亮。知道的人就知道「啊，這是Marlboro Man的背面」，不知道的人就完全搞不清楚了。繞到前面去一看「怎麼嘛，原來是這個啊。」才恍然大悟。我個人非常喜歡那個背面。看到那個，不知道爲什麼心就會很平和。

喜歡這個的好像不只有我而已，我記得有一次，和田誠先生也把那看板的背面畫在《週刊文春》的封面上。能找到喜歡這種微不足道的minor事物的同好，眞是高興的事。這是人生的小確幸（微小但確實的幸福）之一。

這塊萬寶路的板牆看板，本來好像是在美國開始想到的，在賓州的高速公路上也立著一塊幾乎同樣的看板。在一棟相當老舊的大樓上，龐然立著大大的一塊。不

萬寶路牛仔的背面
明治神宮的煙火
是這種感覺吧

過這邊的看板，比以前表參道上的更帥。因爲，這邊的看板形狀本身就是牛仔的輪廓剪影（表參道原來的那塊，追溯到更久以前我記得也是這剪影形狀的）。

從紐約方面往費城方面南下時，這看板看起來確實是Marlboro的看板。同一個Marlboro Man孤獨地肩上披掛著馬鞍。也就是說這是表面。但離開費城北上時，那看起就只不過像雲形尺般形狀怪異的板牆了。不過我很清楚知道。那就是Marlboro Man的「第二個自我」（alter ego）。每次看到那個我都會砰然心跳。

住在紐澤西的時候，我有幾次開車載著從日本來的朋友走這條路北上。每次我都會指著那看板問，「嘿，你猜那到底是什麼廣告？」不過誰都答不上來。都說「嗯，不知道。猜不到。」車子開過去後，回過頭來一看「什麼嘛，啊，原來是那個。」才恍然大悟。光看那看板背面形狀，就能正確答出「那是Marlboro Man」標準答案的只有一個。那是廣告界的人。不簡單啊。

不過不是表參道的「切割輪廓」Marlboro Man，對我也十分有魅力。他經常都是孤獨的。經常都一個人，一臉寂寞的表情，叼著香菸。一直凝視著某個遠方。而且那孤獨，對——正因爲他擁有那不可思議的背面，而更加深刻地凸顯出來。

但表參道新立的新Marlboro Man，已經看不見那孤獨的一面了。而且，過去的Marlboro Man在表參道和青山通所投射的不可思議的光暈般的東西，已經不知消失到什麼地方去了。我覺得有點遺憾。每次走在青山橋一帶時，就會寂寞地想到「那個已經消失了」。有形的東西有一天總會消失。無形的東西，有一天也會消失。留下的只有記憶而已。

（卷末附有後日附記）

早知道就取個筆名

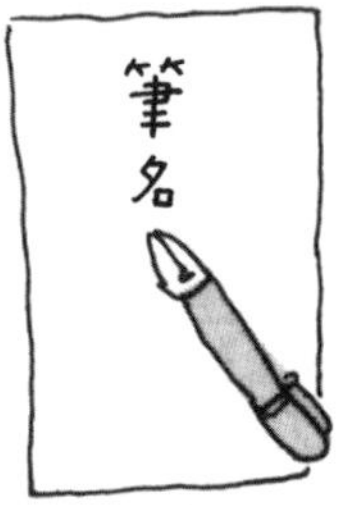

這「村上春樹」並不是筆名，而是原來的本名。回想起來，我以作家身分剛出道時（現在當然大體上也和那時一樣），「說到村上就是龍、說到春樹就是角川」①各有大名鼎鼎的一般印象。就像第三棒是王貞治，第四棒是長島茂雄②那樣。所以到處聽到人家說「取這樣的筆名也做得有點過分吧」，不過我沒什麼可隱瞞的，這就是本名。要一一想筆名太麻煩了，所以就那樣用了而已。

不過後來，認眞地想以小說家當飯吃之後，有不少時候深深後悔「糟了，早知道就取個筆名」。如果各位之中，有想今後要當小說家的人，讀了這次的記事，或許可以當參考。

沒有筆名再怎麼說最傷腦筋的是，在各種公共場所，自己的名字被大聲喊出來時，沒辦法保有隱私。

例如在銀行窗口就是。日本很多銀行在輪到該客戶時，會大聲呼叫「村上先生，村上春樹先──生！」寫小說稍有一點名氣之後，眞覺得不好意思。可能會被說成自我意識太強，不過實際上也有幾個一直看這邊的人。

最近我自己（也因爲這樣）沒有去銀行了，由太太或助理幫我去。不過就算是別人，「在窗口被叫到名字，還是很害羞」。這件事應該想一點辦法才是。可以領號碼牌，叫號碼。或許，某些地方的銀行已經這樣做了也不一定。

上次我去附近的「交通安全協會」更新駕駛執照。窗口有兩個女人，看了我的執照，再看我的臉說「嗯，村上春樹先生，住址是神奈川縣……」然後兩個人面面相覷。並互相說「同姓同名吧」。我也一臉「對對」的表情，微笑著點頭。發生這種事倒非常開心。一整天，心情都很愉快。

可是總不會一直都這麼順利。

幾年前的夏天，我臉上長了一粒一粒的東西。試擦了市面上賣的藥膏，但幾乎沒效，就到橫濱的皮膚科醫院去。附近的太太介紹說「是一家好醫院，不過氣氛有一點……」，語帶曖昧。

她爲什麼不說清楚呢？到了當地一看才知道。那裡是皮膚科兼性病科，兩種患者像胡椒和鹽那樣混在一起，候診室裡人滿爲患。誰是屬於哪一科的？從外表很難判定。候診室裡立刻就是診療室了，醫師的聲音聽得一清二楚。醫師的聲音非常大，而且因爲門是敞開的。需要隱密的檢查則在以布簾隔開的隔間裡進行，但聲音卻聽得見。

「太太，這是陰道鞭毛蟲感染症（trichomoniasis）。妳先生不知道從哪裡帶回來的喔。回去後可以好好修理妳先生一下。」或「＊＊先生，你好了喔。能好得這麼乾淨的人，很稀奇喲。不過這是個懲罰，以後如果要靠近裸體女人兩公尺之內的話，就要帶上安全套噢。」一面聽著這些，人們一面在候診室默默等待輪到自己。我想大概等了一小時左右。

然後護士叫了「村上先—生，村上春樹先——生！」我急忙站起來，心想不快一點不行，但因爲人實在很擁擠，不太能往前進。何況慌張間不知踢到了什麼。「村上春樹先——生，不在嗎？村上先—生，村上春樹先————生！」這位護士聲音也很大。幾乎是又尖又高的金屬聲音。我甚至想這家醫院可能是以聲音大爲錄用條件。我經過時，大家都眼睛大大地盯著我的臉看，實在眞羞恥。

順便一提，臉上的一粒一粒只是刮鬍子不小心的結果，看到這個，醫師非常無聊的樣子。臨走時說「有剛才取到的，非常嚴重的腳癬皮膚樣本，要不要看一看？」讓我看了顯微鏡。確實非常可怕，不過，眞是一間很怪的醫院。

泌尿科
皮膚科
性病科
村上春樹先～生
啊……
咦
跟小說家一樣

諸位心想自己將來，說不定會去性病科醫院的作家志願者們（我想可能很多），最好先取個筆名比較聰明。這是經驗者的苦口婆心。

（卷末附後日附記）

①村上龍（1952-），一九七六年早村上春樹三年獲得「群像新人獎」。並獲芥川獎。此後寫作不輟，多部作品改編成電影，並曾自編自導。

角川春樹（1942-），父親是角川書店創立者。企業家、電影導演、電影製作人。曾任角川書店社長，成立角川電影，一九九三年因涉及毒品和侵占公款入獄。一九九五年成立角川春樹事務所。

②長嶋茂雄（1936-），日本職業棒球選手，與王貞治共同爲巨人隊贏得豐碩戰果，後任監督，巨人隊終身名譽教練。

也有一天之間完全改變的事

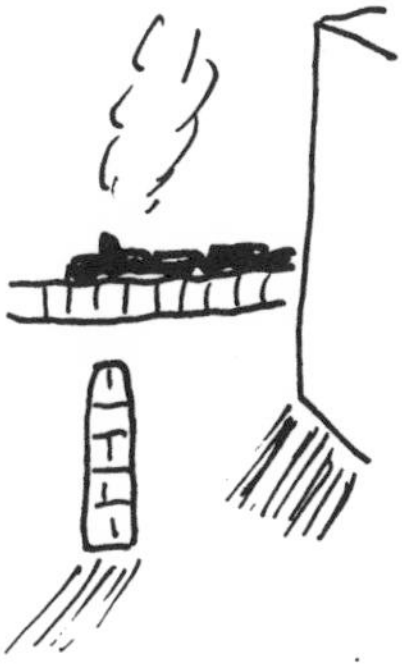

對某件事的看法，可能偶爾也會因爲發生了某件事爲界，只在一天之內完全改觀的。雖然不是經常有（如果經常有一定會累得沒辦法），只在忘記了時會忽然出現。有時會正向地改變，有時會負向地改變。不用說，正向的變法要受歡迎得多……。

黛娜．華盛頓（Dinah Washington）以前唱過〈一天就帶來多大的改變〉（What a Difference A Day Makes）的歌，當然這是指戀愛的事喔。很多人一定親身經驗過，由於戀愛，周圍世界的光景起了很大變化的情況。也有和相愛的異性由於心意相通，而感覺到光的閃亮、風的觸感，都和昨天截然不同……。

和戀愛無關的事，以前我住在義大利時，碰巧因爲畫家基里訶（Giorgio De Chirico）的回顧展在附近舉行，於是就當消遣散步走過去看。並沒有滿懷期待地去。對基里訶，我只知道幾張像表現主義式的畫，像在影子長長的街角女孩子在玩著輪圈，或有圓錐形或球形不可思議的人物畫而已，老實說並沒有太關心。而且說到基里訶，是個晚年落入定型化（mannerism）傾向，被批評或嘲諷爲「複製自己的風格，把畫量產」的人。

展覽會場也空蕩蕩的（簡直就像基里訶所畫的街景那樣），幾乎沒有觀賞者。相反地，畫則多得令人驚奇地展示著。

從結論來說，基里訶的畫出乎意料地有趣。從習作時代開始，經過摸索自己風格的成長期，確實確立自己世界的成熟期，走出台地般安定的圓熟期，然後來到被批評爲「複製自己」的時期。畫順著這樣的時期排列出來，似乎可以照那樣追溯基里訶的一生。在一一看著那些之間，我不知不覺地湧起一種感動。畫中，對他是如何累積了多少激烈努力才建立起自己的風格，獲得成功，仍繼續追求新東西，並經歷屬於他的試行錯誤之後死去的——將他的腳步做了誠實和確實的記錄。

確實，當然在晚年或許有定型化的傾向。就像瑟隆尼斯．孟克（Thelonious Monk）的鋼琴一樣，自己的風格完成得太突出之後，接下來會變得非常難去突破和改變。不過他並沒有因此就閒下來，仔細看著他的畫就知道。

我重新感到作品的眞跡所擁有的重量感，跟從美術書上所看到的眞是相當不

基里訶真棒

同啊。其中有一個人活一輩子的激烈。我對隨著世間一般的評價，而隨便看輕「基里訶就是……」的自己，感到羞恥。我到目前爲止所看到的，只是他所留下的龐大作品中的很小一部分，又在複製的東西而已。畫和音樂也一樣，或許我們平常因爲實在被太多巧妙的「複製」所包圍的關係，對於「實物」所擁有的粗暴或激烈或沉重，有疏忽看漏的傾向。

邊走出美術館邊想著這種事。從此以後，我成爲基里訶迷。那時候我所感覺到的「有什麼突然改變」時，肌肉的扭曲般的感覺，現在還留在體內。雖然沒有戀愛那麼激動，不過有這樣的一天，我覺得好像很有收穫。

其次這件事以前也在哪裡寫過，我剛開始想到要寫小說也是「有一天」的事。二十九歲四月的下午。我對當時的情景還記得非常清楚。陽光的光線，風的強弱，周圍聲音聽起來的感覺，還像昨天一般清楚記得。當時我的腦子裡出其不意地閃過一道小小的炫眼光芒，於是我想到「對了，從現在開始來寫小說吧」。或者該說，認識到「我應該可以寫小說的」。其中完全沒有具體契機、或根據之類的東西。只不過是不著邊際的認定而已。

在那大約一年後，我所寫的《聽風的歌》小說獲得文藝雜誌的新人獎，我總算也勉強能被稱爲作家了，但在我自己的意識中，我眞的在這一天，在神宮球場的外野席，已經成爲作家了。What a Difference A Day Makes。

現在回頭來看，我想那是眞的，跟陷入激烈的戀愛，原理上可能是一樣的事。那背脊忽然一陣霹哩霹哩起來的感覺，除了激烈的宿命般的戀愛以外沒有別的。嗯，那感覺相當不錯。

義大利車真快樂

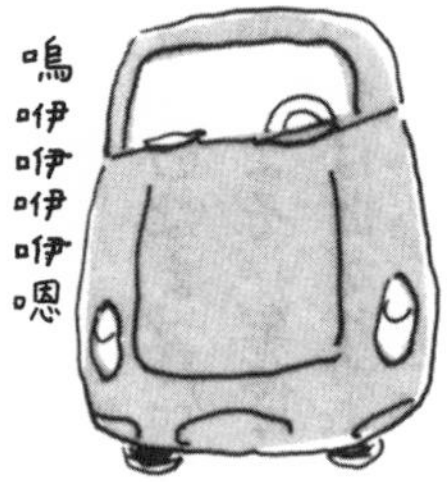

我拿到駕駛執照算來是年紀比較大之後的事，當時人住在羅馬。因此我完全是以一個新手上路的駕駛者，在羅馬街頭學到開車者大半的禮節和技術的。後來想起來，這是「瞎子不怕蛇，初生之犢不怕虎」，實在是相當可怕的事，不過當時卻以爲「哈，只不過是這麼回事」，順其自然地流暢開著。雖然不是沒有覺得「啊！」的時候，不過幸虧沒出事。

日本有很多開車的人說「只有在羅馬不想開車」，但我覺得羅馬人開車倒沒那麼過分。猛一看時他們開車橫衝直撞，而且看起來一團混亂，不過仔細看時，其中也有確實的規則，大家基本上也都尊重那規則。所以只要遵循那個，也就沒什麼可怕了。有一句話說，人在羅馬就像羅馬人那樣行動，眞是一點也不錯啊。

那羅馬人的規則根本所在，我想還是「表

情」。例如在猶豫「怎麼辦，沒問題嗎」時，就快速瞄一眼對方駕駛的臉。只要看那眼睛，大概就可以讀出自己該前進還是不該。看不見對方眼睛時，就看車子的表情。這樣也可以知道個大概。鼻頭動一動，就在確實說著「Noooo（不行）！」或「……Si（可以）」。簡直不敢相信，但開了一陣子之後，自然就開始知道了。

以我來說，反而是回到東京後，覺得開車更可怕。因爲，完全讀不出日本駕駛者和車子的表情。我完全搞不清楚周邊車子到底是在想什麼跑著的。這讓我非常驚訝，甚至感覺恐怖。不過過一陣子之後也漸漸習慣那樣的社會方法，我也化爲布滿東京街頭的無表情駕駛者中的一人了。感覺稍微有一點遺憾。好不容易受過義大利駕駛者的貴重訓練了嘛。

在《遠方的鼓聲》這本書中也寫過，我在羅馬買了Lancia Delta 1600GT（蘭吉雅）的車子。這完全只是爲了造型買的。Delta以Integrale這種超跑車型sport version著名，在日本也很常見，型款本身絕對是沒有擋泥板的普通款比較美。設計師喬治亞羅（Giorgetto Giugiaro）沒有多餘的俐落設計實在眞帥。

性能方面沒什麼特別。或者，老實說，有一點問題。速度超過一二〇公里時方向盤就會開始呼嚕呼嚕、喀答喀答起來，手一離開方向盤，車輪就會咻嗚嗚嗚嗚地往左邊畫一道弧線轉過去（和這弧線完全吻合的長彎道在東名高速公路有一段，我常常向人家誇耀）。空調只噴出白色霧氣而已，幾乎沒作用。而且沒有附動力方向盤，方向盤非常重。所以在路邊停車時，眞想請阿諾．史瓦辛格代勞。車內濃重的塑膠臭味令人抓狂，路上的噪音滾滾湧進來。手排檔很難排進去，動不動就搖搖晃晃起來。

不過眞的是很快樂的車子。我爲人生的第一部車買的是這一部，完全不後悔。反倒覺得非常幸運。爲什麼嗎？因爲這部車有所謂表情這東西。說得白一點，這是一部「她心裡在想什麼，我能瞭若指掌」的車子。這種車子可不常見喏。世間有很多優秀的車子。不過有生動表情的車子卻極罕見。

確實速度快不起來。不過要像賓士車那樣有話放在肚子裡悶聲不響地開到時速一二〇公里，我覺得還不如這部車只開八〇公里更有魄力。一踩油門時，轉速表的針就會嘣一下跳起來。引擎發出「嗚咿咿咿咿咿咿嗯」愉悅的聲音。豪放的風切聲。感覺自己彷彿變成賽車選手了似的。噢噢噢噢……，不過定睛一看，速度才只不過八〇公里。換句話說就像口唱三味線那樣。笨蛋！我想。不過到這個地步自然就移情了。

因爲感情移入的關係，歸國時把這部車也帶回日本，但結果還是分手了。在日

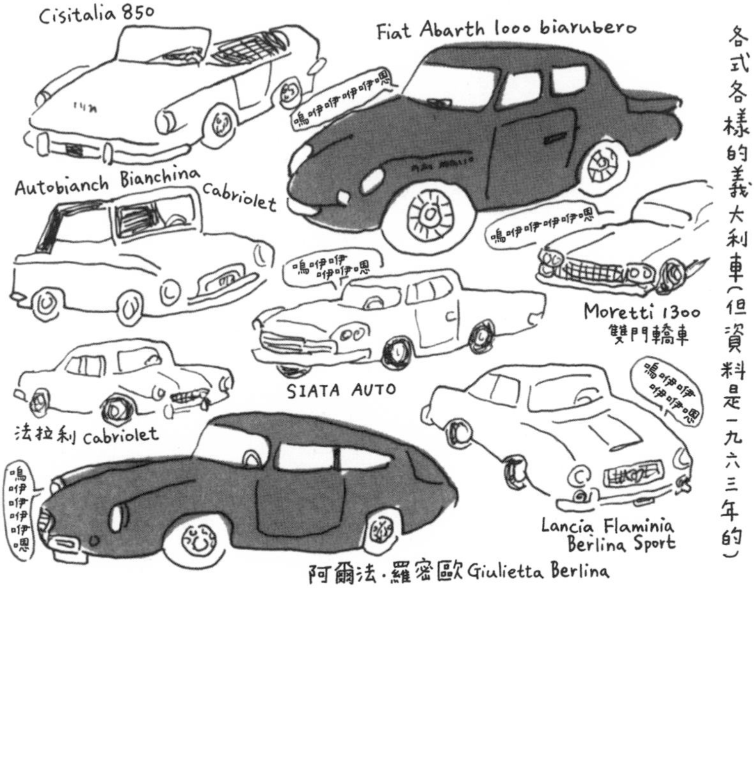
各式各樣的義大利車(但資料是一九六三年的)
Cisitalia 850
Fiat Abarth 1000 biarubero
嗚咿咿咿咿嗯
Autobianch Bianchina cabriolet
嗚咿咿咿咿嗯
嗚咿咿咿咿嗯
Moretti 1300 雙門轎車
SIATA AUTO
法拉利 cabriolet
嗚咿咿咿咿嗯
嗚咿咿咿咿嗯
Lancia Flaminia Berlina Sport
阿爾法·羅密歐 Giulietta Berlina

本實在沒辦法照顧。在一個酷暑的夏天午後，在外苑西通的白金一帶想試試停車狀態轉動方向盤的情況，結果腦子忽然啪一下變一片空白（擁有舊義大利車的人，我想應該可以了解這種心情），因此賣給了朋友。那時候心想再也不買什麼義大利車了。

不過，還是會買喲。上次我一邊被太太罵「你是傻瓜啊」一邊又買了某義大利車。「嗚咿咿咿咿咿咿嗯」還是很快樂。

傳說的心臟　輪流聽著挪威語版和日本語版（王様*）披頭四歌曲集CD時，夏天開始扭曲起來，眞不錯啊。

＊王様（1960-），日本歌手。翻唱過許多西洋歌手的歌曲。

日本大廈、賓館名稱大賽揭曉

㊍春 這次改變氣氛和每次不同，以所謂增刊號名義來做個現場Live演出。上次我向丁稚五十嵐總編輯下跪請求，一邊被罵得臭頭，一邊卻也特別多領到了四頁的篇幅，因此有了足夠版面可以充分發揮。

丁稚 好難過。被人家說就算給你版面，反正你也一定只是寫些無聊的事吧……。

㊍春 很好很好。做得好。就這樣，本次的現場表演其實本來預定要在港區芝公園的「THE CRESCENT」法國餐廳特別室，邊吃法國餐邊優雅進行的，但礙於經費不足，改由在青山的水丸兄工作室送出。不過丁稚五十嵐還是很周到地買了啤酒和零嘴來，眞了不起啊。

丁稚 這個起司是在紀伊國屋買來的。非常貴喲。不知道能不能報帳。這小番茄是在Naturalhouse自然食品店買的……。

㊗春 知道了，知道了。謝謝！不過今年夏天水丸兄得了惡性口腔炎很慘吧。

㊌水 就是啊。嘴巴裡長了大大的一粒一粒的東西，把那燒掉了喔。好痛好痛。幸虧因此瘦了好多。已經沒事了。你看現在已經可以像這樣喝酒了。咕嚕咕嚕。

㊗春 恢復正常了啊，恭喜恭喜！。太好了。那麼，收到很多讀者諸君寄的來信和電子郵件，照例分門別類地歸檔起來，因爲「大廈、賓館的奇怪名字」部門相當熱烈，所以這次就來整理這項吧。不過，這樣看來，日本全國眞的有各種不可思議名字的大廈和賓館啊。現在開始來一一看看，取了最特別名字的大廈或賓館，將由村上朝日堂頒給「日本大廈、賓館名字大獎」。雖說是大獎，但因爲經費關係並沒有獎品或盾牌。沒有吧？

丁稚（斷然說）沒有。我都想要呢。

㊗春 首先我收到神戶的入佐小姐的來信說有「MOTHER'S WOMB」的大廈名字。意思是「母親的子宮」。嗯（很有品味），這個，厲害吧。到底是什麼樣神經的人會住到這種名字的大廈裡的？「說不定還附有溫水游泳池呢？」入佐小姐這樣推測，不過這樣一來情景上就像電影《變形博士》（Altered States）的世界那樣。不管怎麼樣好像都好可怕。

愛知縣的栗原小姐（32歲）公司附近有一棟大廈名叫「raison d'être（法文）六

三越
怎麼在這種地方閒逛……
休息兩千圓
住宿四千圓
啊

番」也就是「存在理由第六號」。很有哲學意味吧（笑）。

（水）這種名稱，命名的人和居住的人，都沒有深入思考吧。

（春）只能這樣想了。如果去想的話實在不能住下去。我也聽說小金井有一棟叫「坡奴耳是懸崖路」的大廈名字。到底坡奴耳是什麼？懸崖路又是什麼意思？如果有人知道意思務必請告訴我。此外莫名其妙的例子還有，聽說京都有一棟公寓叫「可品奴米克馬克」。水谷小姐（25歲）的學妹住的地方因此去參觀過一次，只不過是普通的學生宿舍。很害羞信上不好意思寫住址，不過那種心情可以理解。不過「可品奴」是什麼意思呢？（請參照第315頁後日附記）

高中老師從賓館「三越」出來

（春）地址不詳，有一位住在名叫「拉威爾畢」公寓的人寄了電郵來。據說是法文，意思是「我快樂的家」。（不過是眞的嗎？）小學一年級的兒子說「人家說沒有『拉威爾畢』這種字啊」，在學校被欺負，到市公所去據說沒這種字，也無法登記成地址。因此每天都很痛苦。名字太用心取，也是罪過啊。

我以前住在千駄谷的「親王・莊」（prince villa）的木造兩層樓公寓。據說這是天皇結婚時所建的，所以取了那樣的名字。雖然狹小，但倒是相當有氣氛的可愛公寓喲。像這種有確實命名理由的話，倒還好。

㊌ 我以前的工作場所，叫做「青山蒙打丘」，這是法語「青色山」的意思。這豈不變成「青山的青色山」。

㊍ 有點太執著了，不過還算合情合理（笑）。不過大樓的名字，有很多是令人感覺不命名也罷的。想請世間的房東們也重新好好想一想。例如「喜耶斯塔柏原」①就有問題喲。好像到了下午就會呼呼大睡的樣子。這種名字還有很多，但因爲沒完沒了，所以暫且移到賓館類吧。這邊更猛。聽說北海道以前有一家叫「東卡巴丘」②的賓館。這種一看就覺得很好笑走不進去噢（笑）。以音感來說還是很變態。

㊌ 這麼說來，以前千馱谷就有一家叫做「三越」的賓館（笑）。結果我高中時代在那附近閒閒地逛著時，剛好高中老師和女人一起出來，被我看到。

㊍ 以前千馱谷是情侶的旅館街啊。現在變成清一色日本職業足球聯賽的地盤，吵得不得了。結果怎麼樣？

㊌ 反而被臭罵，不該在這種地方閒逛。

㊍ 那眞是災難啊。不過聽說栃木縣足利市有一家名叫「人際關係」的賓館。光看招牌時會讓人忽然落入沉思吧。本來能辦到的事也變得不能了。

(水) 人際關係呀…………。

(春) 水丸兄，不要想太多了。哎呀，沒問題的。其次京都有一家叫做「如此這般」的賓館，這個情報總共有七個人來向我報告。因爲引起眾人注目，所以算是相當不錯的命名吧。頗有戲劇性意味。雖然有點希望受歡迎的感覺。石川縣也有兩間名字相同的賓館，不知道跟京都的有沒有關係。其次聽說在茨城縣牛久有一家叫「消遣」的賓館。

(水) 這個很絕。（笑）。

丁稚 打發時間的情事。

(春) 好像《黃昏之戀》（Love in the Afternoon）的電影那樣啊。不過人生，既然這樣擁有多一點目的意識也不妨吧。這裡似乎聚集了不少牛久附近倦怠期的情侶，有一種無奈的慵懶氛圍。相反的不慵懶的名字，據說第三京濱一帶有叫做「甲子園」的旅館。這如果是在阪神間甲子園附近的西宮的話也沒什麼，但居然在東京第三京濱道路邊就可怕了啊（笑）。好像不禁要汗流浹背起來。時間到了笛聲會響起來。

丁稚 問要不要延長賽之類的。

連圓周率和角度都有的謎般名字

㊌ 大概是以前參加過甲子園比賽的人開的吧。

㊍ 以前的甲子園球員，現在是賓館老闆。人有歷史。很不錯噢。不過《朝日新聞》一定不會刊登吧。湘南有一家叫做「紫陽花」的賓館，據說這發音不是讀成「ajisai」而是讀成「shiyouka」。還有秩父附近有一家叫做「那裡」的賓館。

一同 哈哈哈哈（無力地笑）。

㊌ 湘南這地區相當狂野喲。據說在藤澤一家叫東進高中的補習班附近有一家叫「45°」的賓館。這應該是指角度吧。我也在藤澤住過，眞不明白到底在想什麼，不是嗎？不過根據情報，到夜晚很晚附近都還有學生聚集，因此很少看見人進去。這是當然的喔。如果進出都被補習班學生盯著瞧，可眞受不了。地點根本就錯了。

丁稚 那個，資格上如果不是45°也不行嗎？不讓進去嗎……？

㊍ 這個，不清楚。如果這樣覺得的話，打電話去問賓館吧。此外還有一家即物式怪名字叫「$\pi = 3.14$……」的賓館在名神高速公路一宮交流道附近。這不是角度，是圓周率噢。說不定用直徑也可以除得盡喔。眞是謎一樣。「夏爾曼③69」，不知道爲什麼，不過氣氛上好像有點露骨吧？

㊌ 換句話說是賓館的意思，不過這人家不懂是賓館的名字也不行吧。要一下就吸引人的眼光才行。所以多少怪一點的名字比較好。比方說藝人就像藝人的樣子，流氓就像流氓的樣子那樣。

㊎春 有道理喲。所以什麼都有學問。不過只要醒目就好的意圖如果太明顯，也有點難過。最好還是希望有一點味道。

也有稍微可愛的賓館名字路線。舉幾個例子來看。「午睡的海獺」（福岡・沒有時間睡吧）、「黃色鯨魚」「粉紅大象」（京都・各位請注意健康）、「妖精遺忘的綠色時間」（中國汽車道的有馬口④・嗚嗚嗚嗚……）、「我家」（茨城・忽然這麼說也沒轍）、「3年2班」（石川・有擺出小道具嗎？）「書房」（福岡・人生該學的東西確實很多）。

此外奇怪的地方還有「壽司店隔壁」（奈良的國道24號邊・雖然容易了解，但如果壽司店不見了怎麼辦？）「老地方」（石川・等候很方便啊。不過石川縣有很多），「無人島」（長野小布施⑤・信州的無人島說起來是不配的所以還不錯）。小樽市甚至有叫「農會」的賓館（笑）。農民有打折嗎？石川縣有叫「蘿蔔」的賓館，據說沿著道路掛出蘿蔔交叉的插圖看板。意思很深奧喔。

三重縣據說有「時髦共和國」和「時尚共和國」這雙子星賓館。掛出兩塊看板，這邊是「時髦」，那邊是「時尚」。如果站在前面的話，該進去哪一邊，豈不要傷透腦筋（笑）。

㊌ 確實傷腦筋（笑）。這麼說來確實傷腦筋。我啊，嗯，還是時髦共和國這邊好吧。

㊏ 那我就進這邊的時尚共和國。那麼水丸兄加油啊，回頭見……，開這種玩笑沒什麼營養喔。

丁稚 我腦子還卡在45。……。

㊏ 繼續。兵庫縣據說有「貓血來潮」的賓館霓虹看板。貓血來潮？不過這位（大阪市的上班族．希望匿名）仁兄心想是怎麼回事，走近前去仔細一看，原來是「貓的心血來潮」中「的心」燈沒亮而已。這最好趕快修補好，免得讓人搞不清楚（笑）。不過，「貓血來潮」，好像進入宮澤賢治的世界似的，你不覺得好得沒話說嗎？事後點起一根香菸，忽然喃喃說到「啊，今日也這樣貓血來潮一番」時，胸中有一股深深的感觸。以名字來說覺得好像比原來的「貓的心血來潮」來得更優似的。

因此，這次的「村上朝日堂．日本大廈、賓館名稱大獎」，我想頒給「貓血來潮」。雖說是偶然的產物，但這旺盛的無厘頭意味實在傑出。太美妙了。爲了紀念這榮譽的得獎，攜帶《週刊朝日》本週號的人可享受「貓血來潮」平日休息費的七折優待——這是謊言。不過「貓血來潮」，恭喜得獎。很抱歉雖然地點不明，不過總之讀者諸君今後還請多多支持「貓血來潮」。

一同 啪啪啪啪（鼓掌）。

（卷末附後日附記）

①喜耶斯塔，siesta是西班牙語的午睡。柏原是地名。

②東卡巴丘，ドンガバチヨ，dongabacho，NHK人形劇主角名。

③夏爾曼，法文charmant，意思是迷人的、富誘惑力的、可愛的。

④中國汽車道，是日本中國地方（地區）的一條高速公路「中国自動車道」，有馬口爲地名。

⑤小布施位於長野縣東北部。

壯志未酬

每年中元盂蘭盆會過後不久，神宮外苑的周圍跑道上，就有人獻花。大概是悄悄獻的花，發現那花存在的人可能不多，知道那是爲什麼的人就更少了。

八月二十三日是S&B食品公司田徑隊員金井豐、谷口伴之兩位選手的忌日。包括兩人在內的五個人在一九九〇年的這一天，在北海道的常呂町發生車禍死亡。神宮外苑是S&B食品公司田徑隊的主場，他們經常在這跑道上練跑。因此每年到了忌日，這裡就有人來獻花。

我那時候住在外苑附近，幾乎每天早晨六點到七點，就會在神宮跑步，跟這兩位選手漸漸面熟起來。和現役時代的瀨古利彥選手也常碰面。他們也大概在同樣時間，在工作前做完輕度練跑。在那期間我們開始互相略微點頭。

下雨時，就會在神宮球場附有屋頂的迴廊繞

著跑，我常常在那裡遇見高個子的金井選手。那時他會微微一笑。或許他會想「下雨天也來跑，這個人也眞好事啊。」

我和谷口選手有幾次在赤坂御所的坡道擦肩而過。那樣的時候，他也一樣會微微一笑。我也常常看見金井和谷口兩個人肩並肩，感情很好地邊跑邊說話的模樣。他們都是早稻田出身的跑者，年齡也差不多一樣。我會很清楚記得他們兩人的事，是因爲他們的人品看來都好像很好的樣子。雖然沒有直接談過話。

只有一次我陪他們一起跑過。那時我想寫一本關於跑步的書，便去採訪在琉球集訓的S&B公司的隊員。那是九〇年春天的事。在琉球的石垣島住了三天，參觀他們的練習模樣，採訪了瀨古教練。我問瀨古教練「可以讓我跟選手們一起跑早晨的練跑嗎？」他說「可以呀。」於是我就跟在他們後面跑。

當時谷口、金井兩個人都是那年九月所舉行亞運大會的代表選手，正在不斷地猛練中。而且他們兩人也都把兩年後巴塞隆納的奧運會放在努力目標的射程中。我記得看到瀨古教練在町營跑道上，對谷口選手做一對一的個人指導。對他們來說，這可能是家常便飯的事，不過在我眼裡看來，則是相當嚴厲的練習。確實有一〇〇〇公尺的全力跑步，有二〇〇公尺的慢跑，調整過呼吸後又再全力跑一〇〇〇公

夏天逐漸結束

尺，這樣一直反覆練習。時間如果掉落下來，教練就會破口大罵。谷口一邊流著或吐著唾液，一邊在無人的空蕩蕩的跑道上，默默跑著。

幾個月後我聽到谷口、金井兩位選手出車禍喪命的新聞報導時，首先就想起谷口那時的身影。其次想到「他們那樣的辛勞到底跑到那裡去了？」想到這裡我流下眼淚。我跟他們當然是無法相提並論的外行跑者，而且是外行中的梅級（譯註：松竹梅中的梅，表示初級）跑者。這麼說也許厚臉皮，不過他們所感覺到的苦和樂，某種程度我也都能確實感受到。無論是賽跑生涯或人生方面，都還正在努力奮鬥的途中，卻壯志未酬就不得不去到那個世界，只能說實在太遺憾了。我跑著之間開始覺得苦時，現在也經常想起那件事。然後想「就算苦，至少我還能這樣跑著，還能這樣寫著。」

結果我沒有寫那本書。因爲在發生了那件悲慘事件之後，我已經不想寫有關跑步的任何事了。代替的是每天默默在外苑跑步。然後不久，就算颱風來了也不休息地在風雨中跑。雖然像傻瓜一樣，但心情上總覺得不那樣不行。

今年奧運的男女馬拉松，日本全國都一起熱烈關心起來。我也在電視上看了。當然日本選手獲勝會覺得很高興，敗了會覺得很遺憾。不過老實說我對獎牌怎麼樣並不太有興趣。雖然結果的形式當然也很重要，但對我們活下去眞正有幫助的，是某種更重要的東西。我這樣想。因爲在這個世界上，沒有一個人可以繼續獲勝下去。

我一邊看到亞特蘭大的沿路日本國旗起勁地飄揚著，心中忽然離開電視畫面，轉移到那畫面上絕對不會映出來的、未能達成願望的人們的世界那邊去。

連映兩部的電影真過癮

我想看新上片的電影的時候，會搭電車到電影院去，用自己的錢買票看。不會去參加試映會。

以前，有一段時期曾經在雜誌上寫過類似影評的東西，那時常常會去參加試映會。不過那已經是十幾年前的事了，我跟某電影發行公司有關的人發生不太愉快的事，因此那時就下定決心，以後絕對不再去任何試映會。我個性上算是很有耐心，不太會生氣的，不過一旦認眞火大起來，卻不太會忘記。而且一旦下定決心的事，就會像神經質的守燈塔人那樣堅持固守。因此，現在還和試映會無緣。光回想起來，心情就會開始不愉快，因此事情的原委就不再細述了。

在勤跑試映會那段時期，經常在會場遇見田中小實昌先生①。不知道最近情形如何，不過當時，一到夏天，田中先生每次都穿著及膝短褲出現。不過試映會場內冷氣很冷，穿短褲身體會冷。因此進入會場後就會到什麼地方去換穿長褲。等電影結束後，又到什麼地方去換成短褲，優雅地消失到街上去。

有道理，我想這是個好辦法，從此以後我也從善如流地學起他來。夏天經常穿短褲行動，必要時才從皮包裡拿出牛仔褲來，直接從上面套上。試做起來覺得很方便。日本的夏天還是很適合短褲啊。

有一次接受出版社的招待，在銀座一丁目的高級料理店「吉兆」用餐，那時我也跟平常一樣穿著短褲運動鞋出門。結果在入口一位小姐說「很抱歉，我們不方便接待穿短褲的客人。」很有禮貌地拒絕我進店。很想嚴詞反駁她「哦，原來是只有穿長褲才能吃的高尚料理呀，」但如果對方回答「是的。沒錯。」很可能沒話說就認輸了，因此作罷。代替的是，當場掏出長褲來，在短褲上很俐落地穿起來。說「那麼，這樣總可以了吧？」對方邊倒吸一口氣，還是說「是的，沒問題。」我想這應該可以機率相當高地斷言，在「吉兆」的玄關從皮包裡掏出長褲來穿的人，不太多的樣子。很抱歉。我是個孤陋寡聞的人。

閒話少說，回到電影的話題。

到電影院去看電影是一件快樂的事。如果座位很空，就更快樂。如果看電影的人很零落，又更加快樂。我也喜歡連放兩部的電影。電影和電影之間有休息時間，那種無所事事也挺好的。學生時代連放兩部的休息時間，我會一邊從包包裡拿出帶來的麵包一個人啃起來，一邊一本正經地讀什麼杜思妥也夫斯基的《死屋手記》。那種感覺相當舒服。看完很難稱爲名片的兩片連放的電影後，走出大街時，那說不出的倦怠感中，有一種熟透透的感覺，我好喜歡。

相反地不太喜歡的是，近來都內藝術電影院線所推動的「換片制」式假道學電影院。雖然不能一概而論，不過有些地方，讓人感覺像穿著上漿過度的白襯衫似的。休息時間播出布萊恩·伊諾（Brian Eno）（的音樂）時，食慾會莫名其妙地減退。雖然我並沒有怨恨萊恩·伊諾。

其次在這種電影院，電影放完了，觀眾還不站起來，一直還在盯著看片尾字幕，我也覺得相當累和不舒服。我在本片結束，放片尾字幕時，就會很快站起來回家去，這樣做有時會遭人冷冷地瞪白眼。因爲，很抱歉我對攝影助理、副導演是誰，選角助理是誰，完全沒興趣。不想浪費時間在看那個上面。過去我在很多國家的電影院看過很多電影，觀眾這麼熱心地看片尾字幕的國家只有日本。極端的電影院甚至把門鎖著，在片尾字幕播完之前不放觀眾出來。這眞可怕。

我還不知道到底從什麼時候開始，因爲什麼樣的契機，這種緊張兮兮的「看片尾字幕」禮節開始席捲世間——或成爲共識的（是否跟冷戰終結有什麼關係？）這

Cast
Ben ....NICOLAS CAGE
Sera.......ELISABETH SHUE
Yuri.......JULIAN SANDS
Peter......RICHARD LEWIS
Marc.......STEVEN WEBER
Terri.......VALERIA GOLINO
bartender.....GRAHAM BECKEL
還沒結束呢

種讀書會式的氣氛，實在無法令我心平氣和。當然，這個世界並不是爲了讓我心平氣和而存在的，這我非常非常了解。

（卷末附後日附記）

① 田中小實昌（1925-2000），作家、隨筆家、翻譯家。得過直木獎、谷崎潤一郎文學獎。

旅行的伴、人生的伴

旅行時要帶什麼樣的書去？說起來不問東西方，可能都是個誰都煩惱的古典兩難問題。當然每個人各有不同的讀書傾向、旅行目的、期間和目的地，書的選擇基準也各有不同。因此很難提出一般性結論。不過如果你擁有一本「如果是這本，隨時任何旅行都ＯＫ」的萬能書，人生應該就可以相當程度輕鬆愉快多了。

對我來說，這樣的書是中央公論社出版的《契訶夫全集》。爲什麼《契訶夫全集》是旅行時帶去的最適合讀物呢？至少對我來說理由相當明確。

(1)以短篇小說爲主，容易告一段落。
(2)任何作品品質都很高，希望幾乎不會落空。
(3)文章容易讀，又灑脫。
(4)內容豐富，滿溢著文學的芳香。

(5)大小適中，不重，硬殼精裝不怕折。
(6)如果被人看到書名，人家也往往想成「在讀契訶夫，應該不是太怪的人」。這是純屬多餘的好處。
(7)這點很重要，重讀幾次都不厭倦，每次都會有新的小發現。
因此，我旅行時，皮包裡可以說一定放一本這《契訶夫全集》。從來沒有後悔過。唯一的問題是讀完後，不得不再帶回家這一點（我大多留下）。
我在中央公論社出版拙譯的《瑞蒙．卡佛全集》時，也拜託他們「請做成盡量和《契訶夫全集》同樣尺寸，同樣體裁」。我喜歡《契訶夫全集》到這個地步。這麼說來，瑞蒙．卡佛最敬愛的作家就是安東．契訶夫。當初我沒留意到，這可能也是一種緣分吧。

旅行時不帶去，但在人生的旅途上重讀過好幾次的書，對我來說，史考特．費茲傑羅的《大亨小傳》就是。雖然如此，卻很少從頭讀起，而是偶爾想起就啪地隨便翻開一頁，仔細地讀幾頁。故事已經記在腦子裡了，所以從哪裡開始讀多少，都沒問題。不如說，從頭開始讀時容易疏忽的地方，用這樣的方法讀時，會不可思議地注意到。當然能用這種方法讀的，僅限於文體優越密度高的作品。此外還必須要

村上朝日堂問答
哪一位作家的話是對的，請畫上○
出題者 水丸 敬稱略
泉鏡花
「我討厭狗」
二葉亭四迷
「什麼鳥龍麵最棒」
寺山修司
「把書丟掉走上街」
三島由紀夫
「春雪像人生般淡」
直木三十五
「青色山脈」
芥川龍之介
「河童不會笑」
谷崎潤一郎
「刺青很痛」
橫光利一
「看見蒂羅爾了」
岡本鹿子
「請照顧太郎」
村上龍
「選擇琥珀」
柴田鍊三郎
「劍比筆強」
村上春樹
「旅行最好帶中央公論社的《契訶夫全集》」

有個人性偏愛才行。

對著名編輯麥斯威爾．柏金斯（Maxwell Perkins）來說，經常相伴的書，是托爾斯泰的《戰爭與和平》。這本小說他重讀過好幾次又好幾次，從裡面讀出人生的營養、勇氣和啓示。他辦公室裡經常放幾本《戰爭與和平》，誰來了就送一本。費茲傑羅、海明威和湯瑪斯．伍爾夫（Thomas Wolfe），他都各送我一本。

類似的事情，我到《紐約客》（*New Yorker*）雜誌一位編輯的辦公室時，看到桌子後面書架上排列著半打谷崎潤一郎的《細雪》英譯本。我試著問他「爲什麼同一本有這麼多本？」他微笑著說「爲了讓來這裡的各位問這個問題呀，那麼，我就可以說明那是一本多麼美好的書。於是有興趣的人，我就可以送他一本。你也想要嗎？」

不用，我笑著說。因爲我家有一本日本語的。「啊，你是日本人嘛。」

永遠擁有一本繼續感動自己的書，是幸福的。以漫長歲月來看，有或沒有如此貴重的人生伴侶，人的心應該會產生很大的差異。

我上次在美國的書店裡，買到一本硬殼裝訂的精美《大亨小傳》。好像是原版的復刻本，紙質和印刷情況都很好。當然內容和我以前所擁有的幾本完全相同，但我喜歡那拿在手上的熟悉好感，不由得滿心歡喜，一有空閒就拿起來翻閱幾頁。等我的翻譯技巧再純熟一些，有朝一日自己一定要來試著翻譯，從很久以前我就這樣想了，但還遙遙無期，因爲特別偏愛反而變得很難。

傳說的心臟　正在整理抽屜時，看到夏天之間一次都沒穿的T恤時，會心痛起來吧。明年會穿你喲。

抱怨信的寫法

在當小說家之前，我曾經經營過七年咖啡店。因此讀到雜誌上刊載的類似「對飲食店的嚴厲批評」時，覺得好像不是別人的事，往往心有戚戚焉。

我當了小說家，也會被文藝評論家批評，因爲是職業作家，如果想反駁對方說的，也可以在什麼地方反駁。我自己原則上對評論並不一一去反駁，雖然如此，我還可以透過「刻意不反駁」，以結果顯示我的一種態度。

然而以一個普通拉麵店老闆來說，就算想反駁也無法反駁。被雜誌或書寫出無法認同的過分事情時，大多的情況，只能單方面被說、被扁的份。我覺得這實在太可憐、太不公平了。

當然世上也有的店讓人眞想破口大罵「這麼難吃的東西還敢收錢？」或「爲什麼付這麼貴的錢，還要受這樣的氣？」這是顯然的事實。到這樣的店去當然會一肚子火。不過由於上述理由，我既不會想把這種事寫成文章，實際上也沒寫。以個人的感情來說，那畢竟不是公平的行爲。對別人的個人感受，我不太想多管閒事。

那麼火大了該怎麼辦？——我想像世上大多的人大概都會這樣做——首先向認識的朋友，到處碰到誰，就猛說那家店的壞話。我在哪裡哪裡的餐廳「吃到這樣難吃的東西」或「被這樣無禮地對待」之類的。不過大家聽了我的話，只有大笑而已（確實說得好笑的說法也有問題），卻一點也不同情我。所以這對安定我自己的精神，似乎沒有多大用處。

有些情況，我也會對那家餐廳寄出抱怨信。我雖然是個難得提筆寫信的人。不過只有這方面的抱怨信，我卻會迅速而熱心地寫。那些有的會立刻寄出去。不過說起來，沒寄出的還比較多。由於花了幾個鐘頭絞盡腦汁寫出抱怨信的關係，我所感到的憤怒和不滿，總之已經消失。尤其寫完後經過兩、三天，會開始覺得麻煩，結果多半就不寄了。因此我書桌的抽屜裡，還留下幾封沒寄出的抱怨信。每封都是拼命寫的東西，如果可能，很想在這裡介紹個一兩封，可惜篇幅有限。

我最近寫的一封抱怨信，是給東京都內一家著名法國餐廳寫的。這裡價格高，因此我一年頂多去吃個一次而已。只有在招待重要客人時才會去。餐的味道、葡萄酒的選擇、服務等都沒話說，過去從來沒有一次失望過。不但沒話說，而且更進一步，還可以感覺到類似想讓客人愉快吃到美味餐點，這樣的「體貼心」。我帶去的客人也都非常滿意。價格確實貴，不過我覺得很值得。

但這次卻很糟糕。味道暫且不提，服務太惡劣了。我帶去的客人（以色列來的客人，那天是她的生日。上次帶她去時非常高興）氣得不得了。我也非常不愉快。開口問話的方式沒頭腦，上菜順序亂七八糟，態度十分傲慢。我跟她都不是美食家，但至少都知道好餐廳應該是什麼樣子。因爲太火大了，走出那家餐廳後一小時左右又到別家去重新喝酒。

第二天，我用心地寫了抱怨信。

寫抱怨信的方法，也有祕訣。祕訣之一是，七分褒，三分貶。如果一味貶低的話，這邊的眞意無法傳達給對方。要傳達含有「貴店是這樣美好的地方，這樣就太可惜了」內容的訊息。祕訣之二是，不要囉囉嗦嗦拘泥於細節。不需要像婆婆的牢騷「誰那樣做，所以我這樣做」似的細節。盡可能把自己最想說的——換句話說抱怨的精隨——寫得簡潔。

依這樣的原則，上午耗掉兩小時，寫好抱怨信。但結果信卻沒寄出。因爲每次

對不起
你看這蝦子只有三公分哪
這個人說不能付錢
在殺手街的蕎麥麵店M抱怨炸蝦飯的蝦太小的計程車司機

想寫的事寫完後，事情怎麼樣都已經無所謂了。

不過，我可能再也不會到那家店去了。雖然是一家餐點美味、氣氛美好的店，不過實在很遺憾。那家店的名稱叫……想寫卻不能寫的地方眞難過啊。嗯。

＊卷末收錄了本信的實物，有興趣不妨讀讀看。

永遠不變的事

寫這樣的隨筆，以前寫過的題材再寫一次時，有時會收到讀者指出「那個，以前讀過了」。我除非有什麼重要事情，否則自己寫過的東西不會回頭重讀。本來記憶力就不好，偶爾便會犯這樣的錯。對不起。不是在做「再利用」，只是單純忘了而已，請原諒。

不過這次相反，我想把以前曾經在某隨筆上寫過的幾件事，刻意再重寫一次。以我來說（不太主張什麼理論的我），已經認真向世間高聲呼籲過，卻完全無效的事（嗚嗚），邊流淚邊在這裡重新再寫一次。嗯，雖然不是太了不起的主張。

(1)雜誌標題上使用vs.，希望改正。

例如有一天，假定我跟瑪丹娜小姐在某雜誌上對談。話題進行得一團和氣，我們兩人非常意氣投合，微笑握手地分開了，但雜誌上的對談紀錄標題卻出現「瑪丹娜 vs. 村上春樹」。這顯然是 vs. 的誤用。所謂 vs. 是用在「A和B對決的雌雄對決」情況才用的。語感相當強烈的用語，（有一部《克拉馬對（vs.）克拉馬》的離婚訴訟電影吧），常常用在訴訟或拳擊比賽上。用在不是要吵架的普通對談上就很怪了。如果瑪丹娜小姐知道了一定會不知所措。這件事以前我在什麼地方確實寫過，但我的聲音實在太小而無力了，到現在還經常可以在雜誌上看到很多不適當的 vs. 用法。很遺憾。如果要說這種事沒什麼要緊，我也沒轍。

(2)在收銀台該付五千二百三十五圓時，為了不必找錢，我付了剛好五千二百三十五圓，請別說「暫託五千二百三十五圓」。

就是嘛。說「暫託一萬圓」，「找您四千七百六十五圓」並把找錢給我是正確的。但不需要找錢的時候，怎麼能說「暫託」呢？可能想說得客氣，但卻說不通。如果說暫託，好像該還回來。也有人說「還您收據」，我覺得這也不合理。好像網球的發球，用棒球棒打回來似的，很不舒服。我可能在細節地方說得太細了。不過還是會耿耿於懷。希望有人能出面幫個忙。根據我的記憶，十年前應該沒有人這樣說的。

這樣日本就不會
有車禍了嗎
車禍死亡目標零
哼
喔
對了
開車要
安全

(3)交通標語請取消。

路上氾濫的傻瓜標語，拜託取消，本人殷切希望。什麼「交通目標零車禍」的巨大垂掛布條，到底是誰爲什麼而掛的？警察眞的相信，很多或就算很少，開車的人看到這種東西，就會在心裡發誓「對了，駕駛一定要安全」嗎？結果，只不過是有關人士輕而易舉的自我滿足而已。我在這裡站起來斷言，那是既破壞國土美觀，又白白麻痺語言感覺的徒勞努力。與其這樣還不如更容易了解地標示出更有用而實際的路況資訊。這樣對交通安全幫助應該更大。「沒有交通標語，有誰會困擾嗎？」

再說下去，如果也能把除了交通標語以外的一般標語，也驅逐出這個世界，就更高興了。我自己雖然不覺得自己是多敏感的人，不過，那些像會刺激人神經的七五調①街角暴力式語言運用，有時實在令人難以忍受。我上次看到「有心撿一片垃圾，垃圾便減少一片」。嗯，確實說的事本身是正確的沒錯，我沒話說，但……。

以上三點是我微小的「（有點累的）青年主張」。話雖這麼說，反正還是會被忽視吧。

（卷末附後日附記）

傳說的心臟 在輕井澤看見「進去再出來，不如不進去只守護」的標語。心想？？仔細一看，是指黑道噢。原來如此。

①反覆以七音和五音構成一句的格律。

「牛也知道……」

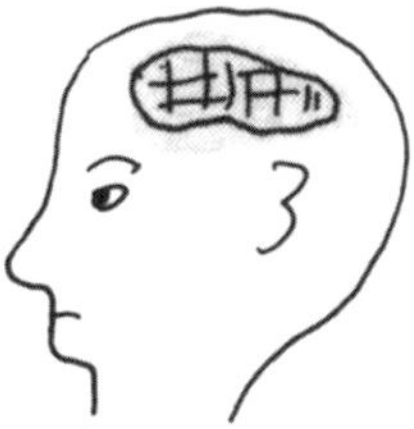

奇怪的事像釣鉤般，卡在腦子的角落裡，想排除卻排除不了。不想記得那件事，卻不知道爲什麼忘不了。

以前美國有個樂團叫考希斯家族（The Cowsills）。我記得是考希斯先生一家人所組成的家庭樂團。那個樂團在收音機上宣傳新曲，主打句是「牛也知道的考希斯家族」。我聽到時很驚訝地想「啊，眞無聊」。那是我高中的時候。不過到現在還記得很清楚。在什麼地方看到牛時，就會不知不覺喃喃念著「牛也知道的考希斯家族」，變得討厭自己。首先因爲我一點也不喜歡那個樂團。

其次是，一九七六年秋天，蘇聯空軍別連科中尉（Viktor Ivanovich Belenko），駕駛最新銳米格25亡命北海道。這是當時相當轟動的事件，還記得嗎？我讀到——這時札幌的某個脫衣舞劇場的香豔看板上寫著「別連科中尉，也會迷連科」——這樣的報導。看到這個時我也覺得「啊，眞無聊」。未免太沒意義了吧。

不過，這也不知道爲什麼記得很清楚。經過很久還忘不了。一九七六年這一年發生的事，能在我腦子裡最清晰浮現的竟然是這一句。「別連科中尉，也會迷連科」。歷史的凝聚作用說起來眞不可解。

如果將來我被外星人抓到，腦子被剖開，裡面的資訊全被取出來詳細調查，會覺得眞討厭。可能會陸續出現像「牛也知道的考希斯家族」和「別連科中尉，也會迷連科」之類無聊的垃圾記憶（其他還有很多），再怎麼厚臉皮的我，也會害羞得無地自容。對全體地球人的知性產生懷疑。

試想起來，別連科中尉亡命的一九七六年，其他還發生很多事情。有蒙特婁世運會，有羅馬尼亞體操選手娜迪亞·依蓮娜·科馬內奇（Nadia Elena Comăneci）也成爲話題。吉米·卡特被選爲美國總統。

其次和別連科中尉事件幾乎同期的，還有美國猶他州，加里·馬克·吉爾莫爾（Gary Mark Gilmore）強盜殺人犯自動請求判槍殺刑，引起世界性話題。吉爾莫爾是富有知性和藝術才華的暴力犯罪者，擁有吸引人心的奇怪魅力。他甚至上了《新聞週刊》（*Newsweek*）雜誌封面。諾曼・梅勒（Norman Mailer）採訪吉爾莫爾寫成《劊子手之歌》非虛構小說，成爲暢銷書並獲得普立茲獎。這個事件我也記得很清楚，梅勒的書我大致讀了一下（相對於好評卻感覺無聊的書）。

不過在那死刑後經過大約二十年，他的弟弟麥考・吉爾莫爾（Mikal Gilmore）把過去一直藏在心裡的全部事實，以書的形式表明出來。加里・吉爾莫爾爲什麼會把兩個沒有罪的人，因爲一點點錢而殺掉？其實他有早已悶在心中的可怕家庭故事。麥考・吉爾莫爾在下決心把這全部寫出來之前，或實際能寫之前，需要經過這樣漫長的歲月。

這本書《心靈輓歌》（*Shot in the Heart*）（文藝春秋，拙譯）。在許多意義上都是讓人會背脊發冷的書。吉爾莫爾家裡，確實被某種怨恨附身。那穿過美國的離奇歷史，流到父親和母親雙方血液中的「惡」東西。不過更可怕的，畢竟是活生生的人。死靈雖然姿態可怕，但只不過是活人的精神性創傷（trauma）的反映而已。加里最後，只能以暴力把自己抹殺，才能從那被精神性創傷＝死靈所支配的世界逃出。而活下來的作者麥考，以不生孩子，試圖在自己這一代斷絕這怨恨血脈的延續。但其中，包含了幾處令人震驚的逆轉。

我並不喜歡藉這地方來宣傳自己的書，不過因爲這本書是比較樸實的書，所以

牛也知道的考希斯家族
別連科中尉也會迷連科
村上
戲劇性的結束

容我介紹一下。如果能讓更多人讀則非常欣慰。這本書雖然很可怕，卻有很多値得學習的地方。父母親是如何傷害子女，把他們逼迫到無法復原的地步的？

在花將近兩年翻譯這本書的期間，爲了可憐的吉爾莫爾家所有的人，我在心中流了好幾次淚。這樣的書，至少對我來說，並不多見。

村上也有各種苦處

上次寫到關於筆名有各種苦處，這次想寫寫關於被「出聲招呼」的苦處。

我在街上漫無目的地散步，搭電車移動，或在附近餐廳吃鰻魚蓋飯（竹級）……，過著非常普通的輕鬆生活，因此私生活希望盡量保持無名性，也以這種基本方針工作著。所以不在電視和收音機上演出，除非有特別的大事，否則也不在人前露面，只有偶爾會在雜誌上刊出臉部照片。我想露出度相當低。不過雖然如此，走在街上，偶爾也會被人出聲招呼「對不起，您是村上先生吧？」一個月大約一次左右。正在用餐時突然被這樣出聲招呼時，會緊張得開始食不知味。也分不清竹和梅的差別了。不該這樣吧。所以對正在默默吃著東西的村上，請盡量悄悄放過他。

「怎麼會知道我的臉呢？」有時我會試問向我打招呼的人，大多回答「這個，當然知道啊」。感覺好像，那是當然的嘛。嗯，我的臉這麼有特徵嗎？

「因爲跟水丸先生畫的臉，一模一樣啊。」也有幾個年輕女孩邊吃吃笑著邊回答。像嗎？確實可能有像。以前在這連載的插畫上登出穿著粗呢短大衣的畫後，我每次穿粗呢短大衣就變得相當緊張。不過傷腦筋的是，除了粗呢短大衣之外，我幾乎沒有別的大衣。這都要怪水丸兄不好。

過去被開口招呼最傷腦筋的是，每天早晨搭山手線到大崎的汽車教練場時，在客滿的電車上被旁邊的人問到「是村上春樹先生吧？我經常讀您的書」的時候。車內擠得不得了，身體動彈不得，我跟那個青年鼻子快碰鼻子的情況。想逃也逃不了。「是嗎？那眞謝謝——」這樣回答之後對話就中斷了（這無論如何，都會中斷吧），周圍的人都眼睛骨碌碌地看著，不知道是緊張還是羞恥，總之汗流浹背，實在沒辦法，我只好提早在前一站的五反田下了電車。結果道路駕駛遲到了，眞窘。因此如果萬一在客滿電車上看到像村上的人，請可憐他，別向他打招呼好嗎？拜託。

老實說，另外有一次也在電車上被打招呼。那是在夜裡，車上空蕩蕩的。有一位相當可愛的年輕女子突然往我這邊走上前來，微笑著說「是村上春樹先生嗎？我從很久以前就是您的書迷。」嗯嗯。於是我說「那眞謝謝了。」「我，最喜歡村上

是村上春樹先生嗎？我經常拜讀大作
是嗎？那真感謝
看來不像春樹先生

先生最初的第一本小說。」她說。「哦，是嗎？」我說。「可是，後來的漸漸變得很糟糕喔。」她開朗地說。

這個嘛……，或許是這樣，不過……。

有一位同業，在街上被陌生人問到「您是＊＊＊先生嗎？」時，會不假思索地立刻斷然否認「不，不是，我不是＊＊＊。」不過我沒辦法那麼乾脆那麼酷。其次不管任何事，我也不擅長當著人的面說謊（雖然在小說裡都在寫謊話）。所以即使在心裡準備著下次一定要裝糊塗，但突然被一問到「你是村上先生嗎？」就會規規矩矩地答「啊，是，我是。」到目前爲止只有兩次斷然回答「不是」說了謊，但那時候有那樣說的明白理由。對不起。

我，自己說有點怎麼樣，私底下和人面對面談話，我也不是一個特別有趣的人。我不會什麼快樂的藝能，也不會談笑風生地說些機靈的話。頭腦也絕不算好。眞想剖開來讓您看看的地步。

我不太在人前出現，是因爲可以想像得到會讓很多人失望「原來如此，沒什麼特別嘛。」自己所寫的東西，讓誰感到失望，因爲是工作所以沒辦法，也就放棄了，不過除此以外的地方，我想盡量不要讓世間的人沒必要地失望。

何況我在性格上是很認生的人，臉立刻會像上了漿糊般僵硬起來，再更緊張的話，會撲上對方一口咬下去……這樣說是開玩笑的（話雖如此，也不完全是開玩笑），就算出聲招呼也沒有一點好處。眞的。嗚咕嚕嚕嚕嚕。

傳說的心臟　上次在哪裡寫過「很高興您讀了《麥迪遜之橋》」，對不起，那可不是村上寫的書喔。

歐不啦嘀、歐不啦答，人生還要繼續

我喜歡的REM（美國搖滾樂團）和珍珠果醬樂團（Pearl Jam）、或雪瑞兒．可洛（Sheryl Crow）、或蘇珊．薇格（Suzanne Vega）、或強．麥倫坎（John Mellencamp）等新曲陸續出爐，託他們的福最近每天都過得心情非常愉快。不錯吧，很舒服喔。有感覺吧。說起來我以前和現在，基本上好像都喜歡這種簡單的比較一鼓作氣的美國搖滾樂。也喜歡混混與自大狂合唱團（Hootie & The Blowfish）。有一段時期大家風靡英國音樂，年輕人竟然還認眞地問「咦，美國也有搖滾嗎？」……嗯，有啊。

以披頭四爲首的像利物浦音樂（Liverpool Sound）般的音樂陸續出現時，我還是高中生，已經受到美國搖滾和摩登爵士的熱烈洗禮了，因此感覺「咦，英國也有搖滾嗎？」一時還無法搭上潮流。老實說，我內心覺得披頭四和滾石

（The Rolling Stones）都「有點不同」。清水合唱團（Creedence）和Doors還有點個人方面恰好一拍即合的地方。

當然我一直都在同時聽著，不過眞正開始能實際深深感覺到披頭四和滾石的音樂眞好，還是這七、八年的事。尤其住在希臘的島上時，沒有任何特別理由，突然開始想聽披頭四，一直在聽。所以每次聽到《白碟》（White Album）時，現在眼前還會浮現希臘秋天的下午，沒有人影的海邊。聽得見遠方的海浪聲，天空晴朗無比，雲像切割下來般潔白。有一股松林的香氣。不過試想起來《白碟》＝希臘海邊也是很奇怪的接法啊。

說到《白碟》，從前我在哪裡看過翻譯的歌詞中有「歐不啦嘀、歐不啦答」的詞，寫成「人生就像在胸罩上流過」。「咦，好超現實的歌詞啊。心想眞不愧是約翰・藍儂（或保羅・麥卡尼）」，仔細聽歌詞，是：

Obladi, Oblada,
Life goes on, blah!

我想大概是這樣。從文意來說，這個bla應該不是那個胸罩的bra。只是呼聲的blah吧，一定是。也有押韻的關係。不過那個歸那個，「人生像在胸罩上流過」這印象非常有趣，我很中意。不過，我中意也沒什麼用啊。

其次再來談談內衣的事，大清早的（現在是早上）不好意思，最近剛出版的布萊恩・亞當斯（Bryan Adams）的CD中，有一首〈我想變成你的內衣〉（I Wanna Be Your Underwear）的曲子，歌詞是我最近聽過的歌詞裡最糟糕的歌詞。每次聽都深深感覺「這，這是什麼嘛？」

「我想變成你寢室的床單／我想變成剃妳毛的剃刀／我想變成妳穿的高跟鞋／我想變成妳舔的口紅／我想變成妳穿的內衣……」

這種直接的執拗而危險的句子接連羅列出來，嗯，我想豈不變成多方跟蹤者的世界嗎？最近好像反覆出現這種事件，如果被這種人固執地糾纏上，女人一定會怕吧？不過也許我會這樣感覺，是因爲我已經開始變正常（我是說，比較正常）的成人市民了，也許世間還有不少年輕人認爲「這個，是很帥的歌詞啊」。那種空氣可能以一種事實存在那裡。其實我非常喜歡那音樂本身。放在標題叫「18 til I die（到死都18歲）」非常帥的CD裡。不過眞的到死都18歲的話，也一定很累吧。

人生像流水，話題再來個大轉彎，上次我們「梅竹下跑者俱樂部」的五大成員第一次參加馬拉松接力賽。三個早稻田大學畢業生和兩個攝影大學畢業生這樣奇怪的組合，地點在橫濱的「兒童國」。然而十一點開跑，到現場時發現改成九點開

我想變成妳床上的床單

跑。怎麼可以這樣？協辦的還是朝日新聞社呢。因此大家拿同行的丁稚五十嵐出氣，臭罵他「獃子」、「廢物」，踢他，狠狠地虐待他。沒辦法大家只好參加十公里的賽程，我因爲兩天前才剛從海外旅行回來，還有時差，身體不太能好好動（藉口），第一次輸給副會長映三。第一名果然是我們這隊唯一體育系出身的谷口君（會員編號3）。會長的我最後一名。嗚嗚。

（卷末附有後日附記）

手冊背後的東西

前幾天我到東京都內某家百貨公司搭電梯。那電梯裡，有爲坐輪椅的人而設的低位置專用按鈕。這家店因爲幾年前才剛完成，難怪有這樣細微的設想。按鈕旁也附有輪椅標幟。到這裡還好。沒有任何話說。

然而在電梯入口，卻貼著一塊牌子，「坐輪椅的人，請盡量和看護者一起搭乘」。我讀到這個眞的很驚訝。不是嗎？電梯都特地爲坐輪椅的人設置專用按鈕了，就不該有「請盡量由誰跟著一起來，不要一個人來」的說法吧。如果這樣，一開始就別設那專用按鈕。如果有人跟著一起來，自然就會由那個人代替按。如果設置輪椅專用按鈕，就該備齊坐輪椅的人可以一個人來愉快購物的環境。但卻不是這樣，結果只有裝置是多餘的，幾乎化爲無用的廢物。

不必我多加說明，無論在任何意義上，我都

不是多傑出的人，也常常做錯事。因此並沒有檢舉別人的過失，加以神氣批評如何、如何的偏好，我想也沒有那樣做的資格。不過這家百貨公司的態度，還是不得不令人有點費解。

結果，我感覺最情何以堪的是，這家百貨公司的輪椅利用者專用電梯按鈕，只能以一種「流行裝飾品」來掌握的這一點。也許聽了設計師說「最近社會上流行這種體貼弱勢者的做法，因此不妨設置」，於是「是嗎？」就暫且裝上了，但完成後又開始擔心「如果坐輪椅的人到店裡來，老實說也很麻煩」，結果就掛出一張這樣的牌子——我想可能是這樣。

然而寫了這個的人，自己可能沒感覺，因爲寫了那無情的文章，而對腳有障礙的人心裡造成多大的傷害？還有，公司裡難道沒有一個人，對堂堂揭示這樣麻木不仁的文章，覺得「這樣有點不妥」而抗議的人嗎？如果這樣，我想這家店管理者的社會意識也相當成問題。

不但只有這樣，這同一家百貨公司的電梯裡，更追加打擊般貼了別的牌子，上面寫著「利用輪椅者，因爲階梯有大落差，因此那時務必請誰幫忙」這樣意旨的文字。

這個翻譯成容易了解的意思，也就是說，「本店裡有很多高低落差大的階梯，

歡迎光臨！
沒這回事
哇
歡迎光臨
歡迎光臨
歡迎光臨
歡迎光臨！
歡迎光臨
歡迎光臨
哇
WA!

所以請盡量不要一個人來」。眞過分。建築物只要設計成沒有階梯的無障礙空間不就行了嗎?事情並不難。到美國一般各地的購物中心大體上都這樣。日本的一流百貨公司不可能辦不到。而且離停車場電梯最近的地方,有爲殘障者(或高齡者)設幾個專用停車空間已經是世界性的常識了。不過這種東西這裡卻一項都沒有。

其次——這可以很容易推測到——在這家店裡從來沒看過一次,一個人坐輪椅來的顧客。

我因爲最喜歡跑步,因此對自己每天能靠兩腳健康地跑步,總是心存感激。如果因爲什麼原因而不能跑了,我想一定會很難過。因此對於不得不使用輪椅過日常生活的人,我反而覺得不是別人的事。

住在國外時,經常可以在城裡看到相當多坐輪椅的人出外活動的身影。然而回到日本之後,卻幾乎沒看過。這是爲什麼呢?在搭乘那家百貨公司電梯時我終於可以實際體會到。「你們不要太常出去外面」的社會體制已經造成了。

這家百貨公司(不限於這家,每家百貨公司都一樣)店員的應對非常有禮。甚至可以說過度有禮了。從用語到敬禮的角度,都一絲不苟地照手冊規定的做。每天一開店就進去的話,排成一排的店員會朝你行深深的最敬禮,感覺自己簡直像變成

＊＊陛下了似的。我每次都佩服得不得了。不過只有這樣，在看到手冊背後的東西時，空虛就更加令人難過了吧。

（卷末附後日附記）

漢堡的電擊式邂逅

關於女性的容貌，我幾乎沒有特別喜歡的容貌偏好。並不是什麼樣子都好（當然），但沒有特別所謂傾向性偏好。但如果要勉強說的話，我對整過容的所謂美人臉型不太會被吸引。說起來稍微有一點破綻的性格的臉，有一股生動的活力，我反而比較喜歡。

還有我幾乎不曾有過一見到臉就一見鍾情，不置可否地強烈被吸引的浪漫經驗。反倒是，交往之間談起話來漸漸被吸引的情況比較多。屬於散文式的。有點無聊吧。不過在漫長的人生裡，並不是沒有過空中閃電式的戲劇性邂逅。正確說，有兩次。

一次是漢堡的妓女。十多年前，有一次我爲了某雜誌的採訪到德國去旅行，其中的企畫之一是到漢堡的花街去繞一圈。不是實際去試那種行爲（眞的。實在沒那空閒），只是參觀了各種特殊設施，和專業的婦人們談了些有益的話而已。不過相當有意思。

一天晚上，因爲離約定時間還早，因此走進附近的電話酒吧，點了啤酒。桌上放著電話，對面坐著很多女孩子，如果看上哪個女孩就打電話去邀她到個別的房間去，這樣的主軸。我因爲有事要忙，並沒有這個打算，只是點了一杯啤酒打發時間而已。

那時我桌上的電話響了，因此拿起聽筒來。女人的聲音用英語對我說。「我是寫著16的這桌，看得見嗎？」她說。我看看16號。那，就是那個女性。我那時候難以相信地，強烈地被她吸引。我記得她應該算是容貌極普通的女人。也沒有化妝，看起來並不像妓女。但看著她時胸部跳得非常厲害，清楚地認識到「對了，我就是在尋找這樣的女性！」感覺好像突然被推落深深的洞裡一般。但可惜沒有時間。已經到了約好的對象快來的時候了。我在電話上和她稍微閒聊一下（很愚蠢不過談的是慢跑的事。因爲她也是慢跑者），我走出那家店。從此以後當然沒再見過她。

第二次是在東京的地下鐵裡。這也是十幾年前的事了。話雖這麼說，我跟那女性並不是實際上搭乘同一班電車的。有一天傍晚，我在電車上抓著吊環恍惚地眺望著懸垂廣告時，廣告照片上的模特兒年輕女性，用鐵槌咚地敲打我的頭。我那時候也倒吸了一大啤酒杯的空氣。心想「對了，我長久以來就是在尋找這樣外貌的女孩！」我凝神仰望那女孩的臉。時間相當久，像傻瓜般定定地看著她。

不過她是什麼樣的臉？我完全想不起來了。也想不起那到底是什麼樣的廣告。我當時可能應該要伸出手，啪一下撕下那張廣告海報帶回家的。因爲一輩子幾乎沒有過那樣的心情。但因爲在客滿的地下鐵中，我無法做出那樣激烈的動作。這差勁的受詛咒的山羊座A型，霎時就把我燃燒的根源性衝動用一桶水嘩啦啦澆熄了。眞沒辦法。

那兩個女人有幾個共通的地方。首先，她們的臉我都忘得一乾二淨。當時受到那樣強烈的衝擊，但到現在卻怎麼也想不起來。第二個共通點是，兩個人終究只是擬似性的存在而已。一個是德國妓女，一個是廣告上的模特兒照片。雖然是實際存在的人，但她們在那裡都只是扮演著所謂假想角色而已。

有時會覺得自己體內好像悄悄隱藏著和現在的我不同的「別的我」似的。但可能經常都迷迷糊糊愉快地睡著了。不過那個「別的我」，和這個笨拙的現實的我不同，是確實擁有所謂「喜歡的女性形象」的，一看到那個時就會啪一下醒來，忍不住想跳出表面。不過畢竟是假想性存在的他，也只能愛假想性的女性。這樣想時，

看得見嗎
電話酒吧這樣可以嗎㊌

好像有點說得通。也覺得幹嘛要說得通呢？

傳說的心臟　我說喜歡西西・史派克（Sissy Spacek）和羅莎娜・阿奎特（Rosanna Arquette）時，我太太就說「你只是喜歡鼻子翹翹的吧」。是嗎？

實在不太喜歡學校

有一本凱蒂・哈特（Kitty Hart）女士所寫的《回到奧茲維茲》（*Return to Auschwitz*）的自傳（時事通信社）。寫出在納粹集中營裡受到壓倒性暴力和瘋狂虐待中，總算奇蹟式地活到戰爭結束的猶太母子的故事。讀這本書時，對於屬於特定團體的人可以對屬於其他團體的人，如此激烈而刻意地，有組織地傷害到這個地步，我簡直失去語言。

不過當時十幾歲的少女凱蒂，在戰後回顧集中營時代，最難過的事，是不能到學校上課。比任何虐待和侮辱更甚的是，她對六年間「他們剝奪了我受教育的機會」，感到強烈的憤怒。

讀到這個我覺得很意外。咦，經歷過這麼多殘酷經驗之後，教育機會的被剝奪竟然高居憎恨排行榜的榜首。不過仔細想想，也有道理。在這和平社會中，我們大多以爲受教育是理所當然的事。或不如說，甚至對於這過剩的情況有點覺得厭煩的地步。但如果在我的人生中突然把初中、高中這六年的教育一下抽掉的話，結果現在的我會變成什麼樣子？有點難以想像。

不去學校，只要有一個人也能讀書的環境，事情還可以解決。但在集中營裡完全不允許讀書、寫字，做這種事如果被發現，不問青紅皀白都會即刻被處刑。因此眞是名副其實絲毫都沒有所謂教育。少年和少女們在那密閉的地方所學到的，只有把別人推開也要多活一天的才幹而已。那樣把人的尊嚴扭曲的情況，應該是和剝奪生命同樣殘酷而非人道的行爲。

不過以我的情況來說，過去我在學校讀書，幾乎從來沒有感覺快樂過。雖然去上學並沒有特別覺得痛苦，但那是因爲去學校可以見到朋友，不是因爲喜歡讀書。這從小學到大學都一樣。不過不去上學留在家趕不上別人也討厭，所以就勉強普普通通地讀著，拿到普普通通的成績。好像是沒辦法所以才那樣做的似的。在學校教育中學到的最重要事情，我想是我不適合學校教育這個事實。

人生漸漸變得有趣起來，是在從學校出來以後。已經不用去學校了。可以照自己喜歡的樣子在自己喜歡的時間做自己喜歡的事情。沒有比這更美好的事了，我

快點跑步跑步
討厭學校
古山高校
古山高校
不喜歡學校
討厭學校
不喜歡學校
不喜歡學校

想。每天人生的眞相，才是對我最寶貴的學校。

運動也一樣，我在上學的時候，非常非常討厭上體育課。在心情上不起勁的時候，被老師命令而勉強運動，幾乎等於拷問。因爲不得不做，所以不可能做得好。可是出社會之後，自己想做的運動，可以順著自己的步調去做之後，才開始知道自己原來有多麼希求要運動身體。我那時候才想到，自己過去實在浪費了相當多寶貴的時間。

這可能也和我是個獨生子這件事有關。說得好聽是自立心強，說得不好聽是很任性。自己如果決定要這樣做，確立了方法，就會徹底做到滿意爲止，中途如果有人說「要這樣做、那樣做」，我往往就會鬧彆扭。一般說來，與其以別人的基準，不如尊重自動自發。這種性格上的傾向可能不適合在學校讀書。不過想到這件事，是在離開學校很久之後（我想到很多事情，都需要比別人花更長時間）。不過我想這樣也許更好。因爲如果在學校的時候很早就發現的話，事態也許會變得更不幸。

有時在街上看到學生，我會想這裡面一定也有不少不適合學校生活的孩子。他們可能在那裡，過著不如意的喘不過氣的難過生活。我很了解他們的心情。如果可能（雖然不可能）眞想把他們從那個地方解放出來，讓他們在廣大的世界自由地生活。

根據某報紙調查，日本人最喜歡的語言，壓倒性是「努力」。要是我的話則會毫不猶豫地選擇「自由」。

（卷末附後日附記）

傳說的心臟　東京都杉並區的岩林小姐（16歲）提供消息說，有「電話俱樂部的對象和父母同年」的標語。「所以又怎樣呢？」說得也是。

請不要在更衣室說別人的壞話

不久前我聽一位女士說，她常常和先生一起去的健身房，女更衣室裡居然貼著「請不要在更衣室裡說別人的壞話」的紙條。她很佩服地說「會特地貼出這樣的紙條，表示說別人壞話的人相當多。」一定是壞話隔著保管箱傳進當事人的耳裡（「妳不覺得某太太的游泳姿勢簡直像海獅一樣嗎？」之類），引起血腥大吵架。很有可能。不知是幸或不幸，我沒有進去過女更衣室，因此並不清楚詳細內情。

順便一提，她告訴她先生這件事時，他說「哦，男更衣室這邊並沒有貼這種東西」。嗯。我也常去健身房，確實不記得在男更衣室有聽過誰的壞話。我盡量不去激怒世間（或特定的）女性，特別小心翼翼，是像沙鼠般戰戰兢兢小心過日子的人類，因此到死都不會說出像「所以女性好像比男性頻繁說別人壞話」般隨便的歧視性結論。男人因人而異，有的也會常常說別人壞話。不是嗎？不過一般說來，我感覺男人的情況與其「說壞話」不如「發牢騷」之類的比較多。比起來女人的情況整體說來……，不，不，還是別提一般論吧。

聽到這件事時，我吃了一驚，不過在文壇（或文藝新聞的相關世界）如果有值得褒獎的點，就是「在那裡不分男女一律會說壞話」這一點。在這層意義上，那裡完全沒有性別歧視。很平等。眞偉大、眞美好——不如說，換句話說那本身整個就是一個像女性更衣室般的感覺而已。

在我以前經營的酒店裡，不知怎麼有很多和文學相關的客人，作家、編輯和評論家，各種人都會來。因此我當時最先想到的事是，「這個業界的人眞的經常說別人壞話」。不知道是進了這個業界後開始變得愛說壞話，還是本來就愛說壞話的人都進到這個業界。就像雞和蛋的問題一樣。

不過總之是經常壞話連篇、漫天八卦。而且主要在談論不在現場者的壞話——說得快一點就是在背後說壞話。大部分來喝酒的客人，幾乎都不會留意到櫃台裡的人。所以要觀察人間百態的表裡，沒有比在這櫃台裡更適當的環境了。

A和B兩個人喝著酒時，A和B會互相誇獎，會說不在場的C的壞話。然而

C一來，接下來是A和B和C說D的壞話。終於B先走了，這下子A和C互相認同，開始說B的壞話。把剛才還在這裡的人像手掌翻面般，痛罵起來「那個人非常沒才華喔。只是處世圓滑而已」「不會寫什麼像樣東西，只會搞外遇」。我剛開始聽著不禁啞然「到底是怎麼回事？」漸漸開始想成「這好像是另一種打招呼的句子嘛」。要一一在意的話，實在混不下去。

當然其中也有不是這樣的人。也有少數好就是好，壞就是壞，在誰面前都可以清楚說出口的人。不過這畢竟是例外的存在（而且這種人也有這種人的別種問題），大部分人會因對象、因場所的不同，發言內容立刻見風轉舵。而且那壞話之辛辣、具體，總之沒完沒了。所以所謂文壇酒吧到深夜還有很多人「想回家都回不了」。因爲不知道一走之後會被人家背後說什麼。「這眞是個了不起的世界」當時深深佩服。想都沒想過自己未來也會進入那樣的世界。

不過由於一個偶然的機緣，我後來開始寫起小說，終於把店關掉當起職業作家。從此已經過了十五年左右，現在想起來在櫃台裡觀看世界的七年間的體驗，對身爲作家的我，是比什麼都貴重的財產。我從那裡不是以頭腦，而是以身體，扎扎實實地學到了很多東西。「與其被笨拙地誇獎，還不如被說壞話更好」的說法也是那教訓之一。被批評、被說壞話，當然很無趣。不過至少，沒有被欺瞞。

那人是芋頭
真沒用
落合這個傻瓜
南瓜臉女人
有幾個愛人
聽說一下子就
禿頭還這樣

傳說的心臟　話雖如此，附在文庫本後面，像棒球啦啦隊「交換加油」式互相讚美的解說，你不覺得最近有點囉嗦嗎？

俺和僕和私

把外國語翻譯成日本語時最傷腦筋的事，我想還是敬語和人稱的問題。

尤其第一人稱小說的情況，主角的自稱用「俺」或「私」或「僕」，作品的印象就會相當不同。

當然也有很多不必去一一考慮這個的作品。例如《麥田捕手》的主角荷頓·考菲爾德（Holden Caulfield），怎麼想都不會把自己稱爲「俺」吧，可能也不會稱爲「私」。從一開始就決定用「僕」。不過這種例子應該算例外。

「冷硬派」（Hard-Boiled）偵探小說中，同一個主角由於不同譯者有譯成「私」，有譯成「僕」，有譯成「俺」的，有時印象變得相當混亂。那眞想怎麼處理一下，不過每個出版社各有不同情況。無論如何稱呼和自己的感覺不一致時，就像穿上尺寸不合的衣服那樣，讀著也相當累，因爲在意這個有時會無法讀到最後。

我一直在翻譯瑞蒙．卡佛（Raymond Carver）的作品，其中第一人稱要用「私」或「僕」，每篇作品我都猶豫一番。「俺」除了在會話中之外，我覺得並不適合，因此可以除外，但「私」或「僕」的分別則到最後都讓我煩惱。結果以作品的調性來衡量，只能憑感覺來決定這篇用「僕」這篇用「私」。如果有人要我顯示那區別的根據，也有點傷腦筋。

我在卡佛生前，曾經到華盛頓州奧林匹克半島的他家去拜訪，兩個人談了相當長的時間。很不可思議，當時的事情到現在都還記得很鮮明。我想是因爲他的人格和談話中，有強烈吸引我的心的東西。他的作品和人性的所謂一體感般的東西，有一種強烈的磁性。和他促膝交談之間，我瞬間眼睛自然地睜開「原來，我一直讀的這個人的作品，是這樣的東西」。

從此以後，我養成習慣把他作品的主角，當成他的分身來掌握，做具體的想像。而且在我腦子裡試著把那假想的主角到處移動，考慮「這個人如果用日語說話，他會說僕，或說私？」

結果，我想用「僕」的情況比較多。

取材自《卡佛之鄉》
（中央公論社）水丸寫

在天使港河邊的瑞蒙·卡佛

卡佛的母親住在天使港的家

關於這點，有幾個人對我指出「不太對吧？卡佛的作品說來是以美國地方小城的藍領階級爲主角的小說，那樣的人用『僕』自稱不太適合吧？」對這個意見我（私），不……，是我（僕）也很能理解那意思。

不過實際上我去見了面、當面談過話的卡佛，絕對不是可以單方面畫分爲「這邊，或那邊」的人物。往往被評論爲「以描寫美國藍領階級如實的生活，在美國文學狀況中敲入大楔子」的他，卡佛自己卻絕不是那樣單純的藍領階級的代言者。

確實他生在勞動者階級的家庭，年輕時也經驗過各種嚴酷的肉體勞動，不過他後來的大半生涯，卻是在大學城裡和文學夥伴們一起度過的，他的熱情的大半都投入思索和創作中。他雖然對做作的「文壇」感覺無法適從，對周邊勞動者的生活深深感到共鳴和同情，但同時也強烈地感到自己已經無法再重新回到那裡了。每天無止盡地繼續的肉體勞動，會讓人多麼筋疲力盡這件事，他是親身體會過來的。在他的人格裡，作品中，這種兩面價值（其實兩邊都不屬於）的苦澀，似乎都可以看得見緊緊拂拭不去的感覺。

我，雖然微不足道卻也是個每天每天繼續了七年肉體勞動的人，那種心情我非常了解。深切地親身體會。而且，我所見到的卡佛是一個知性的害羞的大個子男人，安靜地說話，充滿好奇心，眼睛閃閃發亮的少年般的人物。這個男人，我一眼就喜歡上了。

這種種想法和記憶化爲一體，往往使我把卡佛的出場人物以「僕」的人稱來翻譯。雖然不能一概而論，不過這樣譯往往可以感覺到作品中的人物比較可以自然活動。這或許某種程度，是我自己的心情投影。如果那是「誤譯」的話，我甚至想我願意背負那「誤譯」而殉死……。

桑田語，以及便利商店語

每天早晨很早的時刻，我在廚房裡做著吃的東西，一邊聽著NHK收音機，是一件相當愉快的事。尤其六點以前播出的節目，澀得很妙。可以清楚知道，日本健全的高齡者到底在想什麼。雖然還無法同化，但可以了解。

不過不是我抱怨，最近NHK的播音員的日語，有幾點讓人在意的地方。從前NHK播音員的日語，說來有讓人感覺像漂亮發音的正確模範，但最近可能是這邊年紀大了，覺得到處都有點不對勁。

首先第一點，眞的很多ラ（ra）行音的發音接近英語R的情況。也就是說變得有點捲舌音。例如「六百」（ろっぴゃく／ro piyaku）的發音，以極端的標記法，聽起來會成爲「uro piyaku」（ぅろっぴゃく）。這無論如何都很刺耳。剛開始

還想「怎麼會這樣……」，但沒錯。而且不只一個人，不分男女、好幾位播音員發音都有同樣的傾向。那麼，這說不定是ＮＨＫ社內的方針。或者日語發音的共識，在我不知不覺間已經漸漸逐步有了少許改變了嗎？

我最近有幾年不在日本，也好久沒有好好聽ＮＨＫ的廣播了，因此什麼時候開始出現那種變化徵兆，詳細情形並不清楚。不管怎麼樣日語本來應該沒有這種捲舌的ラ行發音的。

順便提一下日語ラ行發音，尤其對美國人來說好像非常困難，除了少數例外，好像只有年輕時候有長期住在日本經驗的人（例如高中時以交換學生來的），才能正確發音。不管能說多流利日語的人，只有這ラ行還是弱點，往往會變成有點捲舌音。這和日本人無法正確區別R和L的發音正相反（還不至於說「活該」的地步）。日本人特地把那個發音成捲舌音，所以還是很奇怪。

不過我覺得這ＮＨＫ播音員帶有捲舌音意味的ラ行發音，有點像什麼……。我交抱著手臂尋思一番，對了，啪（擊掌），類似南方之星的桑田佳祐R&B（節奏藍調）般吊高ラ行的發音。如果真是這樣的話，這可不簡單哪。像科幻片《天外魔花》（Invasion of the Body Snatchers）那樣，也許「桑田語」也逐漸一點一點地滲透進那個ＮＨＫ了。

如果再挑剔一點的話，NHK中，偶爾也有人，把「——desu（です）」的語尾，說成「desuuu」（ですすす）帶有摩擦音式的拉長意味。一開始注意起這個來就會很刺耳。超商打工的人經常會說成「arigatogozaimasuuu」（ありがとうございますすすす）這樣拉長下去，就像那樣。我自作主張地把這稱爲「便利商店語」。嗯，NHK不但被「桑田語」，還被「超商語」侵襲了。

說到「超商語」，便利商店的收銀員，你付給他金額剛好不用找的錢，他還是要說「暫收您＊＊圓」，上次我在這專欄抱怨過一次了，得到相當多的回響。「是啊！」贊成的意見占壓倒性多數，其中也有人說在超商打工時，手冊上清楚地教「要這樣說」。原來如此，有這麼回事。不是年輕人的用語亂掉了，而是從上面下命令的中年叔叔們的日語亂掉了。這怎麼可以呢？這種無意義的亡國性手冊趕快立刻廢除吧。

在收銀台被說「暫收您從一萬圓」也很刺耳，文法上就亂七八糟，令人不愉快，所以請不要再這樣說了。有幾個這樣的投書。被這麼一說，世間確實有不少人這麼說。確實很刺耳。

此外，例如在餐廳點了馬鈴薯燉肉，女服務生送了馬鈴薯燉肉來，說「讓您久

噢
變馬鈴薯
燉肉啊
讓您久等了
是馬鈴薯燉肉
嘿
我是
江戶子喔
笨蛋
從前
看電影
常常出現這種
捲舌的人

等了，是馬鈴薯燉肉」，也有人說快別這樣說了，不然眞想頂她「那麼，妳變成馬鈴薯燉肉看看！」這種心情我也非常能理解。

不過眞的女服務生就那樣咻一下變成馬鈴薯燉肉的話，那就眞的像卡夫卡或貝瑞・約克魯（Barry Yourgrau）的世界了。情景上雖然非常有趣，但是那要說「itadakimasu」（いただきます）眞的開動嗎？氣氛上卻不太能吃啊。

（卷末附後日附記）

傳說的心臟　奧斯蒙的舊聖誕曲唱片的鋼琴，是Don Randi彈的喔。不過這是相當少眾的話題。

我想我們這一代並不是多糟糕的一代

以前我跟現在已經去世的中上健次①做類似對談的談話時，他說「你如果是蘆屋、神戶一帶出身的話，該知道那裡有很多被歧視的部落吧」，我一時詞窮無言以對。因爲我到十七歲之前，完全不知道附近就有被歧視的部落存在。我這樣說時，中上兄驚訝地說「你是傻瓜嗎？」（實際上眞的是傻瓜），老實說我的雙親、老師和朋友，都沒有教我任何關於部落的問題，甚至提都沒提過。所以我完全沒有關於被歧視部落的知識，連有歧視存在都不知道。

爲什麼我在十七歲時知道了部落問題的存在這件事呢？我當場有點猶豫要不要告訴中上兄那件事的經過，結果改變心意沒有說。一來因爲說來話長，再說也沒有自信能說好。到現在都還不太有自信。老實說，這件事我從來沒有跟誰提過。不過這連載這次就要結束了，就來努力寫看看吧。

那時候我在神戶縣立高中上學。班上有一位滿談得來的女孩子。並不是意識到男女的那種關係，只是可以輕鬆開玩笑能彼此一起笑的朋友。上過男女同校的人，應該可以知道這種感覺。

有一次有人（忘了是誰）口中說了關於那個女孩，不知道什麼名字，我以爲是她以前的綽號或什麼，就完全沒有惡意地順手把那寫在教室的黑板上。然後過一會兒，她走進教室來，看到那文字臉色立刻發青。並問在那裡的我，這是你寫的嗎？我說是啊。她一聽，就哇一聲哭出來，跑出教室。我完全無法理解到底發生了什麼事。

不過以這個爲界，班上很多女同學，就完全不跟我說話了。我有事跟她們說什麼，也沒人理睬我。想不起正確是多久，不過我想大約繼續了一星期。因爲完全不明白原因，因此我非常難過。沒了主張，如坐針氈般坐立難安。不過有一天班上兩個女同學，臉上帶著僵硬表情在午休時間走到我這邊來。然後在旁邊的椅子上坐下。

「嘿，村上君，你知道自己在黑板上寫的字到底是什麼意思嗎？」一個人問

這張畫是從
柳樹形圖案
取材的
感謝您的愛讀
這三個人是
誰呀

我。

完全不知道，我說。老實說明了事情的由來。

「是嗎？」兩個人面面相覷並深深嘆一口氣。「我就想大概是這樣。你呀（筆者注．就算有點問題）不是那種會說那麼過分話的人哪。」

然後兩個人簡單向我說明了神戶的部落問題。我在黑板上寫的，正是神戶被歧視的部落之一的俗稱，哭著跑出去的女孩就是那個地區出身的。我去向那個女孩道歉。雖然什麼都不知道，但我覺得自己做錯事了。她接受了我的道歉，也沒留下芥蒂。至少在我的記憶中是這樣。不過老實說，記憶的細部我不太有自信。簡直像失憶了般，我完全想不起那個女孩子的名字了。

就像一開始寫的那樣，那件事我從來沒有告訴過任何人。那對我來說是非常沉重的經驗，同時也不太想去回憶。我很受衝擊的一點是，因爲——可能又會被中上兄驚訝地說「你是傻瓜嗎？」——其次因爲那時候的我，無法理解人們竟然會因爲那種事情而歧視別人的這個事實。不過不只這樣。我更受衝擊的是，這個世界上，誰都可能在不自覺之間成爲加害者對別人造成無意的傷害，這殘酷而冷酷的事實。我現在以一個作家的身分，對這件事都深感畏懼。

不過，想到當時班上女同學大家能團結一致，不和我說一句話的事時，現在胸口還會有點熱起來。這是我不太願意想起這沉重往事的積極的一面。環視周圍一圈時，很多人似乎有批評、厭惡我們這個世代的傾向。說團塊世代所經過的地方連草都生不出來。可能也有這樣的部分吧。我承認。不過我想我們的世代——就算世間有好的世代和壞的世代之分——也不像大家所說的那樣壞的世代。

① 中上健次（1946-1992），出生於和歌山縣新宮市，出生地爲受歧視的部落。一九七六年以《岬》獲得芥川獎，成爲戰後出生的第一位芥川獎得主。小說以被歧視部落爲主題。

「附送」與「後日附記」

收錄在這後面的文章，原來是爲「村上朝日堂」的專欄而寫的，但在《週刊朝日》連載時，卻因爲種種原因並沒有刊登出來。

我在《週刊》雜誌上連載隨筆時，因爲不知道什麼時候會發生什麼事，因此每次都先多寫了四、五次的分量，儲存在抽屜裡以備不時之需。而且爲了讓那不會太過時，會定期適度地更換。就像地震時的存糧那樣。

不過因爲會有「這也想寫，那也想寫」的情況，因此最後會多出幾次的份。於是在出版這本書時，就想既然寫了，便從抽屜裡拿出來。

此外「後日附記」，是文章在雜誌上刊登之後所想到的事，或當時限於篇幅的關係寫不完的事，或讀者有反應的事，也稍微加寫了一些。

附送①

賓館名稱・追加篇

上次，夏季增刊號中關於愛的賓館（及大廈）的不可思議名字，已經密密麻麻地出過專集了，不過後來又有許多追加資訊，因此再試著固執地追加一次。不過網路的資訊收集交換能力眞厲害啊。轉眼間就收集到很多。我想世間也有許多人把這種功能用在更有意義的目的上，不過我啊……該怎麼說呢……。

大阪國道1號沿線有一家叫「孟德爾法則」的賓館。就是那位研究豌豆的花色①會不會遺傳的孟德爾。喂喂，「這種時候別抬出那種問題來好嗎」的感覺。此外根據同一個人的情報，從大阪環狀線京橋站好像也看得見一家叫「王將」的賓館看板。這也相當大阪風格，很有深度。設有將棋的棋子形浴槽或這類設計嗎？不過如果枕邊放有棋盤的話也怪恐怖吧。

此外緊鄰榮獲大獎的神戶「貓血來潮」附近

有一家叫「大猩猩的花束」的賓館，牆面眞的貼著大猩猩。而且緊鄰又有一家叫「金字塔不可思議」的賓館。這到底是什麼樣的地方？我這神戶出身的人心情有點複雜。

不過上次介紹過的藤澤的賓館「45°」名稱由來又有了新情報。據說正式名稱叫「Creation 45°」（Creation，創作？）其實據說45°是在凸出的楔形土地上建的。原來如此。五十嵐的（是我的嗎？）色瞇瞇的推測是錯了。不過那45°凸出那端的部分有一家叫「dejavu（既視感）」的居酒屋。命名的傾向似乎屬於相當異色領域喔。因此正派家庭的藤澤情侶在「dejavu」醞釀感情，在「45°」確認愛，出來的時候被隔壁的補習班學生尋開心，似乎希望採取這樣的流程。有空的人不妨去試一次看看。不過以過去曾經在藤澤住過的我來說，心情有點複雜。

根據北九州傳來的情報，當地有兩家相鄰的賓館分別叫「紅蘿蔔」和「萵苣」。說不定是同一個經營者。那麼下次要取什麼呢？大概是「番茄」或「小黃瓜」吧。不過「小黃瓜」以形象來說可能會落選。「蘆筍」「豆芽」就免談了。不過在離「紅蘿蔔」和「萵苣」有一段距離的地方有一家叫「リード（reed）」②的飯店（意思完全不明），那字體據說和リード・ペーパータオル（reed paper towels）③一模一樣。好像以廚房關係整合的區域似的。

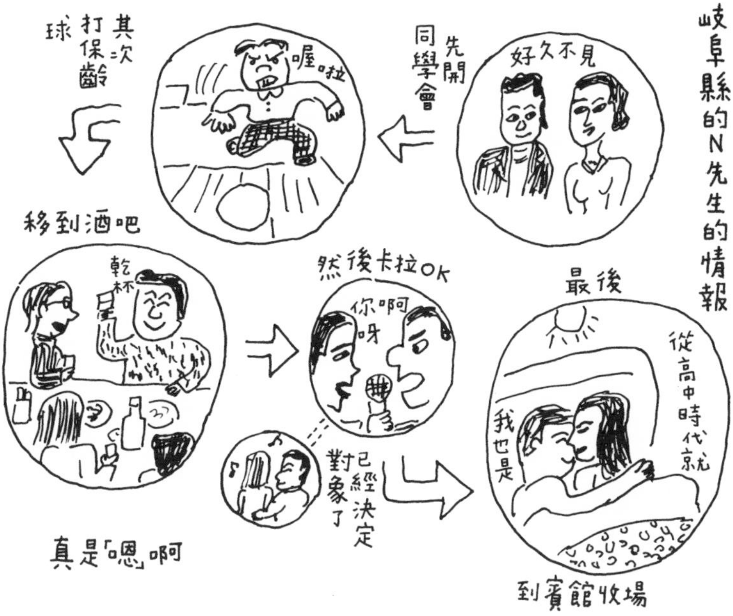
岐阜縣的N先生的情報
好久不見
先開同學會
喔啦
其次打保齡球
移到酒吧
乾杯
真是「嗯」啊呵
然後卡拉OK
你啊呵呀
已經決定對象了
最後
從高中時代就
我也是
到賓館收場

藤枝有一家名叫「親戚」的飯店。不過到這個地步未免太超現實，已經沒辦法出意見了。所以往下一個看。有一家名叫「兩小無猜」的飯店在佐賀。小女孩小男孩兩個人手牽手走著的看板，在市區掛了幾面。青梅竹馬的情侶，可能會很著迷地燃起熱情吧。

根據歧阜縣N先生的情報，「我住的鄉下地方玩的地方很少，所以如果有同學會的話，大家會去打保齡球，喝過酒，到卡拉OK唱唱歌，最後上賓館去做結束，這是固定的流程。因爲只有這些地方。」是這麼回事。嗯，相當有意思的同學會啊。原來如此，因地方的不同，保齡球、卡拉OK的延長有愛的賓館。因此（可以這樣說嗎？）這地方好像有很多早婚的情侶。

很遺憾地點不詳（只寫出在自己家附近），有一家叫「沙德侯爵館」的賓館。這從名字看來，就是以興趣相當特殊的情侶爲對象吧？我想應該是。相反地超健全的賓館，據說有在入口門廳播放背景音樂〈你好小寶貝〉的。令人感覺「各有所長」。

旭川的賓館「農會」門口據說客滿時會掛出「豐收」，有空房時會掛出「欠收」的牌子。此外這家門口據說擺設有兩頭小牛的大型模型。這家賓館不知道是在什麼樣的宗旨、概念下設立的。我非常想知道。或許這在旭川是相當普通的事？

對了前幾天，我從都築響一君④（收集了很多奇怪東西的人）借了一堆賓館雜誌《月刊休閒賓館》的過期刊回來。有空時就隨便翻翻，這眞是凌駕想像力的有趣。此時此刻村上深深感覺「日本眞是深奧啊」。

---

①實際上孟德爾是根據豌豆的高莖／矮莖、種子表皮光滑／皺褶……等因素來進行生物遺傳因子實驗的。

②reed字義爲蘆葦、茅草。

③リード爲日本一家生產保鮮膜、鋁箔紙，以及紙巾產品的公司。參見http://reed.lion.jp/

④都築響一（1956-），攝影師、編輯。著有《*TOKYO STYLE*》（東京風格）、《愛情衛星》（*Satellite of Love*）、《天國有威士忌的味道》……等。

附送②

倒不是要說隨身聽的壞話

下雨天不能跑步的日子，我會去健身房，騎電動腳踏車或叫steel master的健身器流著汗時，有時會忽然想到「這是能量的浪費呀」。

我想做過的人就知道，這種運動認眞做起來非常累，所流的汗會在地板上形成小水池的地步。但在這裡所散發的能量卻沒有任何用處，便空虛地消失在空中。相反地爲了啓動機器卻需要耗費電力。這樣浪費的事情，身爲一個仰賴有限資源的地球居民，可以被容許嗎？

我常常想，如果能把在健身房所耗費的能量，例如轉移用到發電之類的事情上面該多好。雖然可能發不了多少度電，但如果能集中在一起充電的話，也許可以供溫水游泳池使用。如果能發明那種機器——世上能有這麼多方便的電氣產品，努力的話應該可以做出來——自己健康起來了，那努力若能盡量還原給社會，我也會很高興。就像捐血手冊那樣，領到《發電手冊》，每發電一〇〇瓦特就加蓋一個章，累積一萬瓦特時就可以從「電力銀行」領到紀念品，那就更高興了。

大家最近都猛喊著健康健康，無論高爾夫、足球、游泳、跑步、都拼命做運動，但我覺得好像多半停留在「自己能健康就好」的地步。雖然不是從自我的發想開始，但結果卻變成這樣。關於這點，我自己也在反省。

最近一邊運動，會一邊想到「這種只爲自己做的事，好嗎？森林在消失、非洲在沙漠化、庫爾德人在被壓迫、琉球人爲美軍基地傷腦筋。」至少爲了社會，就算少量也好，如果能發一點電，該多好。這件事經常被一般人誤解，其實我想健康本身不一定是善的。一定要下定義的話，健康只不過是善的開始的一種表徵而已。

世上雖然有人發表言論「今後二十一世紀，看不出日本該往什麼道路邁進」，是這樣嗎？我想，現在我們最大的課題之一，就是解決能源問題——具體說就是，實現能代替石油發電、汽油引擎，尤其是核能發電的，安全而乾淨的新能源的開發。當然這不是輕而易舉的目標。需要花時間，也需要花金錢。但日本以一個正常國家要走上時代的正當道路，說極端一點「已經只有這條路了吧」，我離開日本將近五年生活之間，深深有這種體會。

日本確實在二十世紀的後半，以產品輸出爲根幹的資本主義國家急速完成成長。但在那之間我們到底出產過什麼樣的「劃時代技術」嗎？出產了Toyota Corolla汽車，出產了Sony Walkman隨身聽，也製造了電動烤麵包機，也有了卡拉OK……，嗯，其他還有什麼？也許還有，不過我再也想不起別的來了。

這樣試想起來，假定進入二十一世紀，日本就這樣越過繁榮頂點的話，那未免太寒冷空虛了。就算被後世的歷史學家在背後指點，可能也有點抱怨不得。

反核運動當然也重要。發起拒買法國葡萄酒的運動也沒關係。不過如果能在技術上成功作出能廢絕原子力的系統的話，日本這個國家的重量無論在現實上或歷史上，應該都將大爲改觀。也就是「雖然發生了很多事，不過日本在那個時代畢竟爲全地球、全人類立了一個大功」。應該也是身爲唯一被爆國的日本，可以成爲國家悲願的重要大事。

我因爲只是個微不足道的文科系人，這種事在技術上實在幫不上忙，不過我甚至想，如果那樣的大規模研究需要高額資金的話，我很樂意繳納那特別稅。身爲一個國民，付出這一點犧牲也是應該的。不過日本在不久的未來，會出現擁有覺悟和力量，能提出大家認同的這種長期國家願景，呼籲國民全力支援的政治家嗎？卻不得不令人絕望。眞是可悲。

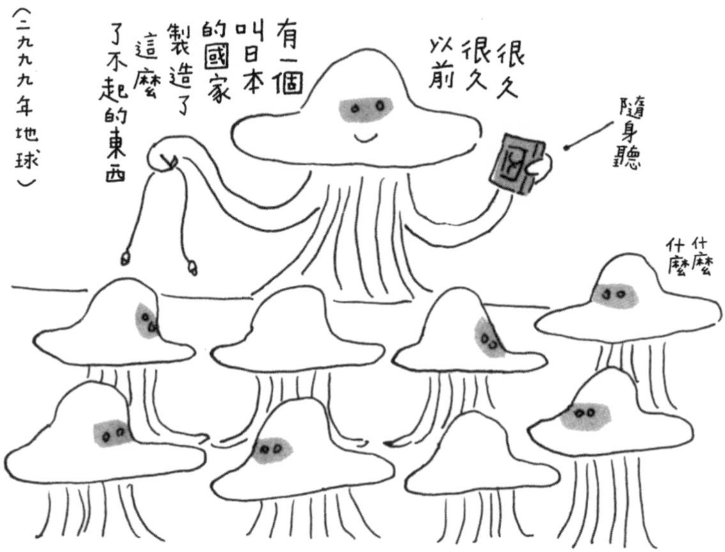
很久很久以前
有一個叫日本的國家製造了這麼了不起的東西
隨身聽
什麼什麼
（二九九九年地球）

我們畢竟只是住在一個「隨身聽程度的國度」嗎？我絕對不是在怪隨身聽。

《村上朝日堂是如何鍛鍊的》後日附記

關於報紙、關於資訊的種種

（→參考本文第40頁）

像這樣寫了有關報紙休刊日的抱怨文章後，就收到幾篇反駁論（當然，是從報社方面來的）。他們主張「因爲地方的派報社，很多都是一家店分別派送幾種報紙的，如果各種報紙休刊日不同的話，那種地方就無法休假了，所以無論如何只能一起休假」。派報社的工作確實辛苦，他們的說詞某種程度當然可以理解。

不過再怎麼說，結果，說穿了還不是「企業的理論」嗎？至少並沒有把讀者（消費者）的方便，放在主要著眼點上來考慮。我想這本來應該更受到尊重，更慎重考慮的事情，不是嗎？……

聽報社人員的說法，老實說我覺得不太能感覺到像「是啊，雖然有各種問題，不過我們會大家集思廣益，把這種一成不變的不方便體制，盡量改善」的柔軟讓步姿勢。非但如此，好像可以感覺到報社方面內部已經完成「如果被這麼說，就這麼反駁」的防禦手冊式說詞的氣氛。也受到「那方面的事，最好不要太大聲說」的忠告。以我來說，這種僵硬的地方，可能有點無法接受。肌膚感覺不能適應。無論如何，理論的優先順位可能有點不同，這是我在這裡想說的。

其次，對於「為了讓送報生偶爾可以休息」的說法，大概是加上冠冕堂皇的藉口（也就是為了排除情緒性反駁），我對事情的運作情形還是難免感覺有點可疑。因為在外國實際上報紙都每天不休息地送，我倒不認為那邊的人一年到頭都不休息地工作。那麼，想必是日本的宅配系統，有什麼地方扭曲了，需要改正吧？把該改正的事先擺一邊，卻把「派報生……」「派報社……」之類的問題抬出來，大家做出事先商量好的樣子（這在提高價格時也一樣），強迫消費者單方面犧牲，還是不合道理吧。

不管怎麼樣，這「休刊日」問題的根本，其實是在更深的地方。例如，舉個例來說，過度的擴大行銷競爭之類的。

其次所謂「日本報紙的高度宅配率，是日本文化系統品質高的證據」的宣傳，在部分地方盛大展開，這也有點不對吧。我認為報紙的宅配率之高和文化品質之高，未必成正比。文化的狀況、生活的方式，因場所的不同，各有不同方式和基準，因此並不能一概而論。世界上還有很多不想放棄「今天要不要買報紙」，「今天要買什麼報紙」這種選擇性的人。無論都市或鄉村，都同樣派相同的報紙，這種日本的做法，從世界觀點來看反而是特殊的。

如果要拿出所謂文化這尺度的話，反而，全國主要的全國性報紙、地方性報紙一整天都全部消失，這種事情，在文化上才相當有問題吧？

進化的辭典（→參考本文第190頁）

這篇文章在《週刊朝日》刊出後，我收到研究社編輯部的人一封很禮貌的信，指出《讀者的英日辭典》的所謂《附冊》（*reader's plus*）裡都確實有drafty（生啤酒）和pound sign（＃）。確實正如所說的，是有。因爲我剛剛回到日本，沒有《附冊》，因此沒能查到這個。

就這樣，我現在用的是主冊和附冊都放在一起的CD-rom（光碟唯讀記憶體）的《讀者的英日辭典》。既袖珍，資訊量又豐富，因此旅行時帶著也相當方便。除此之外我還有英英的《美國傳統辭典》（*American Heritage*），放進個人電腦裡。這因爲完全收在硬碟裡，資訊量有限，不過因爲不必一一換磁碟，所以要用一下時很好用。

不過不是我挑剔，日本的辭典，可能都一面偷瞄著同行手頭的東西，一面做著「因爲那邊有放這個，所以我們也不能輸，要放進去」之類的事吧，常常讓人有這種感覺。如果只是這樣做，結果可能形成連瑕疵的內容都類似的整排辭典。這也有點無聊。所謂辭典某種程度希望能有「不管別人怎麼樣」的凜然風骨才好。更重要的是，好像前面寫過的那樣，希望能有令人驚艷的獨自例句。例如（純屬一例）might as well的例句所有的辭典都像蓋章般幾乎一樣。

萬寶路牛仔Marlboro man的孤獨

（→參考本文第195頁）

寫完本原稿後，很長一段期間一直扮演Marlboro man廣告模特兒的美國演員，因爲肺癌去世了，報紙登出這消息。據說在拍攝廣告照片時，他們讓他在相機前，每天吞雲吐霧地抽幾十根香菸，因此他太太控告香菸公司。廣告模特兒的人生眞辛苦啊。聽到這種事情後，現在還在街角安靜聳立著的Marlboro man的孤獨和憂愁此時此刻更深深感動我。話雖這麼說，Marlboro man的臉，到底長成什麼樣子，我忽然想不起來。

說到肺癌，出現在駱駝牌Camel香菸廣告上的模特兒駱駝，據說也因爲在攝影中抽菸的關係，有三十五隻駱駝得了肺癌死去。這純屬謊話。

我以前也是個菸抽很兇的人，所以關於香菸我不想神氣地說什麼，不過我想只有請您別在壽司店櫃台猛抽菸。因爲好不容易非常新鮮的食材都會毀了。不過這種客人最近不知爲什麼，年輕女子占多數。

早知道就取個筆名（→參考本文第200頁）

我沒有筆名，不過相反的卻擁有所謂「real live name」（現實生活的名字）。也就是隨便取的名字就在實際人生中使用著。這例如在參加馬拉松大賽時也使用。如果不這樣的話進入終點之後，要接受採訪還眞麻煩。

不過很多情況都讓我深深感覺應該擁有筆名。在預約旅館時眞的也是這樣。

日本大廈、賓館名稱大賽揭曉（→參考本文第215頁）

關於「坡奴耳的懸崖路」，我收到很多讀者來信。懸崖路在小金井是自古以來著名的某條路。而且坡奴耳是法語bonheur，意思是幸福。實際住過「坡奴耳」的人也寫過信給我。

懸崖路的正式名稱據說是「國分寺崖線」（好厲害的名字吧），從JR國分寺站一帶到小金井市、三鷹市、調布的深大寺一帶為止，「河岸階地」連綿不斷，其中小金井一帶的二公里左右稱為「懸崖路」。

有人罵我說，村上在鄰近的國分寺住過一段時間，居然不知道「懸崖路」。因為中央線沿線，是鄉土意識比較強的地方吧。不管怎麼說，總之對不起，村上沒常識嘛。

不過奈良縣「壽司店的隔壁」隔壁的壽司店（眞麻煩啊），聽說幾年前不見了，幸虧後來又開了一家專門外帶的壽司店，因此「壽司店的隔壁」依然是「壽司店的隔壁」。眞幸運吧。

有讀者指出「可品奴米克馬克」的「可品奴」不就是法語的「copine女朋友」嗎？該說「原來如此」，還是「不過」呢？其次據說熊本有「今夜最棒」的賓館（名字好像是這樣）。熊本，眞厲害啊。

連映兩部的電影真過癮（→參考本文第230頁）

我寫到看電影時，片尾字幕不會看到最後，會啪一下站起來走出去，結果收到不少抗議的投書。說這種看電影法很奇怪。

不過我並不是說「各位，片尾字幕不用一一去看」，只是說「我個人不太看」而已，所以請不要那麼生氣好嗎？看來世上還是有不少人一提到電影，就會激動起來的。

不過電影演完了，還像照「規定」般，大家坐在位子上乖乖看片尾字幕，我個人感覺還是有點奇怪。而且如果「這眞的是非常精采的電影」，我可能也會爲了享受感動的餘韻而留下（那樣的時候我也會稍微放慢一點），但怎麼都不覺得有什麼好的影片，還規規矩矩地繼續一直坐下去看片尾字幕，我覺得還是浪費時間。

無論如何，有人在看片尾字幕，有人不看片尾字幕不是很好嗎？因爲人就是人嘛。我在電影結束後一下就站起來走掉時，只希望旁邊的人不要以厭惡的眼光看我而已。並不是「看的人很奇怪」或「不看的人很奇怪」，這種層次的問題，對嗎？

我去聽古典音樂的音樂會時，如果覺得「這只是普通的演奏」時，也幾乎不聽安可曲就那樣回家了。演奏得沒多好，還要勉強照「慣例」鼓掌喊安可，我覺得只有寵壞演奏者而已。我住在義大利的時候常常去聽音樂會，例如辛諾波里

（Giuseppe Sinopoli）大師指揮的演奏，如果內容沉悶的話，聽眾也會在曲子中途陸續站起來走掉。連我都佩服「眞厲害」。一般的話會覺得有點可惜沒辦法乾脆走掉。不過我也想不這樣的話大概不行。

電影的片尾字幕是有點不同，不過無論如何，像「慣例」似的東西，總是不太好吧。

永遠不變的事（→參考本文第245頁）

我收到二十歲的女大學生，有關這種問題的E-mail。

春樹先生，第一次寫信給您。關於您所提到的「付錢不必找錢時，還說暫託很奇怪的問題」（已經有點過時的問題了吧）我也有感想因此寄這封信。我以前也因爲對這件事有疑問，請教過打工地方的店長。店長說「從顧客收到的錢並不是商店或你個人直接收到的那種錢，『暫託』的說法是正確的。」所以不管有沒有找錢都沒關係。我現在也已經同意了，所以說「暫託」。

（回信）

妳好。

原來如此。世間有各種道理。我不禁也差一點想同意。

不過仔細想想，我覺得那位店長說的還是奇怪。我覺得應該算歪理。因爲，所謂「暫託」，就像「您的大衣暫時託我保管」那樣，是以要還給誰爲前提而一時收下的行爲。那畢竟應該在「暫時保管」行爲的領域內完結。

然而商店這種地方，是「收受」金錢，以那代價提供物品或服務的場所。超越人格的個別性，是進行經濟交換行爲的場所，那支付的金錢會流往經營者的地方去，流到銀行去，爲了償還貸款而流到貸款公司去，或流到國稅局去，這些事都和消費者無關。收到錢，當場提供相當於等價的代替物（例如付了錢，收受甜甜圈，拿來吃），在這裡顯然發生了「授受行爲」。絕對不是「暫時託管」。

不過不是這樣細微的道理，而是爲什麼變成不能說「收到……圓。謝謝。」這種平常的簡單說法了呢？這是我最覺得不可思議的地方。

疑問無法解開的村上春樹敬上

歐不啦嘀、歐不啦答，人生還得繼續（→參考本文第260頁）

後來收到讀者來信。說高中時代，英語課上這「歐不啦嘀、歐不啦答」有翻譯出來。那時候，老師也是翻譯成「時間在胸罩上流過」。不過班上的同學，大家都不太能理解那意思。於是有一個學生舉手說，「那是不是『人生有山、有谷』的意思呢？」全班哄堂大笑。

很好笑吧。不過雖然好笑，我想那翻譯應該是錯的。

手冊背後的東西（→參考本文第265頁）

關於這件事，我收到和建築有關方面詳細的來信。根據那個人的說法，電梯的殘障者用按鈕並不只是爲了「流行」而設的，是法律上規定有義務設置。也就是，店方也礙於「既然法律規定了，沒辦法」而勉強裝上的。所以變成實質上的效果、效用怎麼樣都無所謂。對使用輪椅的人的方便完全沒有多加考慮。階梯的落差依舊存在，只是臨時敷衍地裝飾性安裝了電梯裡的殘障用按鈕，就了事了。原來如此……，可是這樣比「流行」說更惡質吧。好像罪惡更深了。

這篇報導在《週刊朝日》刊登後已經過了半年，但這家百貨公司的電梯現在依舊同樣無動於衷地掛著告示板。狀況一點也沒有改變。因爲是週刊雜誌，所以我想報導登出後店裡至少會有一點反應吧，注意去看看，自己太天眞了。我的方針並不是要妨礙營業，因此刻意不點出店名，不過這樣連獅子都會羞恥得哭出來吧。

實在不太喜歡學校（→參考本文第275頁）

一到冬天，經常可以在街上看見穿著運動服的一大群高中生跑在戶外的光景。我從以前就相當喜歡跑長距離，不過我眞的不太明白，高中生和初中生從一大早就被勉強跑幾公里，又有什麼樣的教育效果呢？

爲了跑長距離，平常就必須做好體力管理，必須要有知識豐富的指導者，本人的動機也很重要。但並不是不分誰都一律勉強拉來讓他們跑就好的。在寒冷的早晨忽然跑長距離的話，也有很多對身體反而不好的例子。睡眠不足，沒吃早餐，邊想著「眞討厭」邊勉強跑的話（這種人一定很多），則完全反效果。有時還會發生學生跑步中昏倒或死去的事情，我覺得那眞是很可憐。勉強跑步百害而無一益。

說起來長距離跑步，因情況而異，有時是很嚴苛的運動，因此還是要尊重學生的意願，應該和其他運動項目採取選擇制。並不是不管三七二十一爲了可以鍛鍊毅力就讓大家一起跑，這跟軍隊一樣。希望從事教育的有關人士能重新思考。

桑田語，以及便利商店語（→參考本文第290頁）

我上次和可以流暢說日語的美國大學教授（研究日本文學）談話。他以前，曾經在日本生活過幾年，在那時候實地學會了日語，不過他說看電視對他學習語言幫助最大。我想確實也是這樣吧。我住在美國的時候，也每天看電視新聞訓練聽力。尤其是CBS的丹．拉瑟（Dan Rather）的發音清晰，很容易了解。

於是我問他說「電視上出現的日本人中，誰的日語最容易了解，最容易聽？」他當場回答「長嶋茂雄」。我——可能各位也一樣吧——大吃一驚，說不出話來。「爲什麼吃驚呢？」看我驚訝的樣子，他一臉意外。他說「長嶋先生的日語，發音非常清楚，內容也容易了解。是很美好的日語範本。」是嗎？……，可是……。我試著說「可是，世間一般人稱那個叫做『所謂一種長嶋語』大家都知道是，一種，非常，特殊的日本語喲。」

「村上兄，你說的意思我完全無法理解。所謂『長嶋語』是什麼樣的東西，請舉例說明一下。」他毅然地說。不過那時候，我連一句「所謂的長嶋語」的實例都想不起來。因此，很遺憾那件事就不了了之。他就那樣回到美國的大學去了。眞是有各種人啊。

抱怨信·實例

（這封信實際上是我所寫的，不過回想起來，結果並沒有寄出去。）

前略

爲了寫這樣的信耗費我早晨寶貴的時間，對我來說，老實說並不是一件多快樂的事。不過因爲有一點感想，因此出於無奈還是面對書桌寫了下來。

坦白說，我並沒有很頻繁地前往貴店。這主要是爲了經濟上的理由。不過爲了招待重要貴賓，或個人有什麼想慶祝一下時，會選擇貴店當「特別保留的店」，和內人或友人前往享受晚餐。而且到目前爲止，每次都能圍著餐桌充分享受美味食物，愉快交談，度過一段稱心如意的美好時光。生活中能有一家這樣的店，眞是一件相當愉快的事。

價格相較於我平常去的餐廳確實不能算便宜，不過以餐點和酒的選擇以及服務品質來說，一一都能感覺到設想體貼入微的地方，我經常想到確實值得付出這樣的代價。有一位朋友提到貴店時憤慨地說「上次去的——非常不愉快，下次絕對不去了」時，我也只會想「嗯，大概有什麼地方弄錯了吧」。因爲我以前，從來沒有對貴店有過討厭的感覺。

不過前幾天，我招待從外國來的鋼琴家友人到貴店時，服務品質之低卻令我驚訝，而且感覺相當不愉快。我並不喜歡爲了細微小事一一提出抱怨，而且在這裡特別不寫出當時服務人員的名字（雖然問過）。我想傳達的是，我和內人，和那位貴賓，三個人分別都在那用餐進行過程中，漸漸感到受不了，最後簡直相當生氣了。具體說，被服務的一方，可以看到六、七次具體不愉快，不講理，或欠考慮的言行。這是在貴店從來沒有過的經驗。

這位鋼琴家友人，我以前也同樣招待到貴店過，她也很期待到東京能再度到貴店用晚餐（而且那天是她的生日），我們覺得很掃興，各自踏上歸程。用「失望」來表達可能最貼切。

當然在餐廳感覺不愉快，這並不是頭一遭。過去在東京，或在外國的著名餐廳，也都嘗過幾次類似經驗。不過那時候，我從來沒有寫過抱怨信。只是再也不去那家餐廳了而已。您也知道，寫信也是相當麻煩的事。

不過貴店，就像前面說過的那樣，是我個人相當中意的店，也是我招待過的友人們也同樣中意的店，光是「以後不再去了」，就覺得好像無法心平氣和似的。因此，或許有點多管閒事，也許寫了也沒幫助，但還是這樣面對書桌，寫起這封帶有苦情、不太愉快的信。

我們的帳單上含有多出＊＊圓也就是所謂的「服務費」，坦白說，當天的服務費我覺得沒有＊＊圓的價值。關於這一點，我們三個人意見完全一致。這如果在美國或歐洲的餐廳，我想我會在桌上只留下十圓程度的小費就站起來走掉，以表示負數訊息。我們沒有選擇送出這種實質訊息的權利，對我來說也有一點遺憾。我想您應該知道，這不單純只是金錢上的問題。而是感覺上的問題。

或許服務者這邊也有話說。也許只是碰巧當時心情不好而已。但不管怎麼樣，讓我們三個人分別都一肚子火地離開餐廳，這服務實在不能稱爲服務吧。我們是付了相當代價才在那餐桌坐下來的。而且我們在餐桌上並沒有做出任何無理要求，說了任性的話，或採取了神氣的態度。

對貴店來說也許是無所謂的事，但我並不是以公司交際費在吃喝的人。而是用自己賺的血汗錢「自掏腰包」付的，心想「今天到——餐廳好好享受一頓美味餐點」下了不小決心才來的一個人。和朋友一起「好吧，偶爾奢侈一下也好」想追求慶祝略有不同的一夜佳節而來的，非常正常的人。因此，還特地繫上平日不會想繫的領帶。不好意思透露個人的私事，不過今年總共也不過繫了兩次領帶，在貴店的良宵就是其中那麼貴重的一次。

那樣鄭重的心境，卻被意外地背叛了，對我來說實在是無比遺憾的事。黃昏時分懷著華麗的心情，卻眼看著無緣無故漸漸淡化終於消失而去，未免太悲慘了。就算那是在我們有限的短暫人生中，經常會發生的事。

村上春樹敬上

最後，關於餐點則絲毫沒有怨言。

後記

本文已經把想寫的事情都充分寫出來了，因此似乎沒有再特別多寫的必要，不過最後沒有一句話似乎有點寂寞，因此還是寫了。

本書收集了《週刊朝日》一年又一個月之間所連載的隨筆。老實說我並不擅長在週刊雜誌上寫連載隨筆，十年前同樣在《週刊朝日》，同樣以「週刊村上朝日堂」的專欄名稱，同樣和安西水丸兄連載過一年，那是第一次（到目前爲止）也是最後一次。

爲什麼不擅長寫週刊雜誌的隨筆呢？因爲一想到每週每週都有義務好好寫時，腦子裡經常就會記掛著這件事。不得不想題材，又有截稿期限，這種事一一掛在心裡，就不太能安心寫小說了。該說是天性的關係吧，我是一個寫小說時，不全面地專心投入就不行的類型。

不過去年不知該說幸或不幸，完全沒有寫小說的預定，想寫的東西也累積了不少，因此就想「好吧，這時候就來寫看看吧」，回到好久沒回來的老巢。安西水丸兄也欣然接下插畫工作。再怎麼說，如果沒有水丸兄的插畫，就成不了「村上朝日堂」了。

我想十年前連載的事，可能誰也不記得了，但開始連載後，意外收到許多人傳來溫暖的信，鼓勵我說「很高興看到朝日堂重新開張」。謝謝大家。要說「客層很好」這說法有點奇怪，不過託大家的福，才能快樂又有趣地繼續連載。本來一年整就要結束的，但因為寫得有點意猶未盡，因此連載延長了一個月。這種事說起來也不太常有吧。

我一面繼續這連載，一面在一年之間悄悄進行著地下鐵沙林事件被害者的採訪工作（時期上幾乎完全一致），那採訪整理成《地下鐵事件》一書，但老實說那邊相當沉重，因此「村上朝日堂」的工作就成為精神上取得平衡的很好喘息機會似的。所以在讀著這些文章時，有時或許會為那過分無聊的模樣而吃驚，心想「這傢伙是呆子啊」，請善意地解釋成「不，這只是村上這個人延伸的另一面而已」。

不過，或許，這一邊才是本質也不一定……。

這本書，我個人想獻給，去年夏天終於死去的我的長壽貓妙子（譯註：音同希臘神話中的繆思Muse）的靈魂。寫完收在這本書的文章的幾個月後，她就安靜地斷氣了。妙子因為奇妙的因緣，出生後六個月來到國分寺我們家時，記得我是二十六歲。那時候，自己有朝一日會成爲小說家的可能性，在地平線上還完全沒有浮現任何徵兆。

從此以後，她大體上經常都在身邊，並不是不能說命運曲折——也可以說隨機應變——隨著我起起伏伏的動盪人生，以淡然的冷眼側目注視著我。到底妙子看了做何感想？我也無從知道。貓的心情眞的很難了解。

無論如何，不管發生什麼，她都毫無怨言，一再地搬家又搬家，她也堅強地忍耐過來，對這位不可思議的聰明雌貓，在這裡一併附上一句微小的祝福。

妙子的靈魂啊，妳安詳地安眠吧。我還要再多加油一下呢。

村上春樹

一九九七年三月

村上朝日堂月報

「閒閒聊溫泉」

村上春樹
安西水丸

春「住在外國的日本人最懷念的東西，大概是溫泉和美味的日本酒吧。尤其是溫泉總不能叫人郵寄過來，因此有時候會深深感覺『啊，好想去泡溫泉哪』。水丸兄也喜歡溫泉吧？」

水「喜歡哪。雖然還不到嵐山（光三郎）的地步。那個人，你看，腰間光纏一條毛巾……樣子就那麼搭配，不是嗎？」

春「什麼都不纏，漸漸地更搭配了。」

水「不過，還不至於那樣吧……。老實說，我最近才去了和歌山縣的龍神溫泉的地方，剛剛才回來。那是在從田邊往山裡進去大約一小時的地方，鄉野風味十足，可以說是個祕湯。旅館雖小，但溫泉非常棒喔。」

春「你說的那個會不會是《大菩薩嶺》①中出現的龍神溫泉？」

水「對對，那個深山裡的龍神溫泉。机龍之助眼睛弄壞了去做湯治的地方。」

春「那麼水丸兄，以平成的机龍之助在湯治場迷上了哪家的姨太太嗎……」

水「沒有沒有，沒這回事（笑）。不過，偶爾會有接近那個的事。」

春「搞什麼嘛？眞是的。不過，所謂溫泉，不同的地方分別有不同的用途適性之類的吧。例如（1）適合一個人去的溫泉，（2）適合跟家人去的溫泉，（3）適合跟愛人去的溫泉。」

水「沒錯，龍神就是適合一個人去的溫泉。房間沒有鎖，紙門可以咻一下拉開。好緊張啊。不過這樣也可以說是很刺激的地方，呵呵呵。」

春「對尋找刺激的情侶倒很好喔。那麼說到適合普通一般情侶的溫泉，具體說是在哪一帶呢？」

水「還是伊豆一帶吧。例如有的旅館房間裡就附有專用的露天溫泉，這邊不打電話，誰都不會來。沒人會打攪。這種地方適合一般情侶。」

春「原來如此。離東京也近，這方面的需求一定很多吧。」

水「伊豆一帶的溫泉，一個人先去，在那裡等愛人隨後趕來，這種情況相當不錯。自己先泡一下溫泉，坐在二樓的窗邊，小口小口啜著酒，天色接近黃昏時，看見愛人從對面走過橋來，心想『啊，來了』這樣。」

春「哇，超有眞實感的，這個。」

水「不，那個，只是想像而已（笑）。」

春「我滿喜歡雨天的露天溫泉。尤其是飄著綿綿細雨的早春特別好喔。身體泡在溫泉裡暖和後，起來外面，只恍惚地讓雨飄在身上，等身體開始涼了再泡進溫泉裡暖身子……這樣好像可以永遠繼續下去。怎麼說呢？就像在輪流吃著鹽味仙貝和牛奶巧克力那樣，沒完沒了，停不下來。」

水「我啊，去泡溫泉，也不太能在水裡泡很久。算是一下子就出來的。然後就放輕鬆。」

春「也就是說什麼也不做，只喝酒。」

水「沒錯。」

春「然後，悠閒地等著愛人從橋那一頭走過來，是嗎？」

水「不過，不來就傷腦筋了。」

春「傷腦筋喔（笑）。我學生時代，一個人背著背袋，漫無目的地走到各個地方去過，我記得初冬走在青森的山中時，四下無人正下著雪的原野正中央，有一口孤伶伶的小溫泉正湧著泉水。好像兔子會在周圍繞著跑的地方。我好想當場脫光了跳下去泡，但因爲天色已近黃昏了，而且也不太了解情況，就那樣走過去了。那光景到現在都還清楚地烙印在我的腦子裡，啊，那時候要是下去泡就好了，我常常想起來。那到底是哪裡呢？地點也記不得了。」

水「好想去泡溫泉啊！」

本作品於平成九年（一九九七）六月由朝日新聞社刊登

①《大菩薩嶺》，中里介山（1885-1944）的長篇時代小說。一九一三至四一年在《都新聞》、《每日新聞》、《讀賣新聞》等處連載，共四十一卷的未完成作品。曾多次被改編成電影。

藍小說 955

村上朝日堂是如何鍛鍊的

作者—村上春樹
繪者—安西水丸
譯者—賴明珠
編輯—黃嬿羽
圖說手寫字—達姆
美術設計—陳文德
執行企畫—黃千芳
校對—賴明珠、黃緯佳

董事長—趙政岷
出版者—時報文化出版企業股份有限公司
108019臺北市和平西路三段二四〇號三樓
發行專線—(〇二)二三〇六—六八四二
讀者服務專線—〇八〇〇—二三一—七〇五
(〇二)二三〇四—七一〇三
讀者服務傳真—(〇二)二三〇四—六八五八
郵撥—一九三四四七二四時報文化出版公司
信箱—(一〇八九九)臺北華江橋郵局第九九信箱
副總編輯—嘉世強
時報悅讀網—http://www.readingtimes.com.tw
電子郵件信箱—liter@readingtimes.com.tw
法律顧問—理律法律事務所 陳長文律師、李念祖律師
印刷—紘億彩色印刷有限公司
初版一刷—二〇一〇年十二月二十四日
初版七刷—二〇二一年十一月十七日
定價—新台幣三〇〇元
(缺頁或破損的書,請寄回更換)

時報文化出版公司成立於一九七五年,
一九九九年股票上櫃公開發行,二〇〇八年脫離中時集團非屬旺中,
以「尊重智慧與創意的文化事業」為信念。

村上朝日堂是如何鍛鍊的 / 村上春樹著;賴明珠譯. -- 初版. -- 臺北市:時報文化, 2010.12
面; 公分. --(藍小說;955)

ISBN 978-957-13-5310-4(平裝)

861.67 99023317

ISBN 978-957-13-5310-4
Printed in Taiwan